異世界ゆるり紀行 8

子育てしながら冒険者します

Minazuki Shizuru

水無月静琉

登場人物
CHARACTER
タクミ・カヤノ
異世界に風神の眷属として
転生した本作の主人公。
アレンとエレナの保護者。
ボルト
タクミの契約獣となった
サンダーホーク。
エレナ
水神の子で、タクミに
保護された少女。
格闘術が得意。
アレン
水神の子で、妹・エレナと
ともにタクミに保護された
少年。格闘術が得意。

ベクトル
タクミの契約獣となった
スカーレットキングレオ。
小型にもなれる。
マイル
タクミの契約獣となった
フォレストラット。
ジュール
タクミの契約獣となった
フェンリル。
小型にもなれる。
フィート
タクミの契約獣となった
飛天虎。小型にもなれる。

第一章　いろいろ作ろう。

僕は茅野巧《かやのたくみ》。元日本人。

何故《なぜ》〝元〟がつくかと言うと……今僕がいる世界、エーテルディアの神様の一人である風神シルフィリール――シルが時空の裂け目を直そうとした際に、力加減を間違えた影響で死んでしまったからだ。まあ、不慮《ふりょ》の事故だな。

責任を感じたシルによって、眷属《けんぞく》としてエーテルディアに転生した僕だが、飛ばされた先はガヤの森という危険な場所だった。

そこで出会った幼い二人の子供達の面倒を見ることにした僕は、自由気ままな冒険者としての生活を始める。

その過程で子供達――アレンとエレナが水神様の子供だということがわかり、今では本当の弟妹のように可愛がって一緒に生活している。

そんなアレンとエレナは先日、誕生日を迎えて六歳になった。

誕生日パーティでたくさんの人にお祝いしてもらった二人は、一晩明ければ迷宮に行こうと催促《さいそく》してくるほどに行動的だ。

まあ、元々約束していたことだったので、僕と子供達は契約獣達も連れて、『巨獣迷宮』に向かった。

前に一度行った時は、僕達が滞在するガディア国の第三王子であるアルフィード様達も同行していたから、六日ほどかけて十階層に辿《たど》り着《つ》いた。だけど今回は、子供達が大変張り切ったこともあって、大量の肉を手に入れつつ、五日であっさりと攻略してしまったのだった。


そんな迷宮攻略を終え、新しい年になり、寒さが薄《うす》れつつある今日この頃。

「あっ！　しまった！」

王都にあるルーウェン伯爵《はくしゃく》家の邸《やしき》、その一室でゆっくりと休んでいた僕は、シルにお願いされていたアイスクリームをまだ送っていなかったことを唐突に思い出した。

「「なーに？」」

「アイスクリームをあげるって約束していたのを忘れていたんだよ」

「アレンもあいすたべるー」

「エレナもあいすたべるー」

あげるのであって、食べるわけじゃないんだけど……まあ、いいか。

「アイスの在庫はまだあるけど、時間もあるし……作るか！」

たくない。

《無限収納《インベントリ》》に入っているストックは、外出先で食べたい時のためのものだから、なるべく切らし

一の月――春になったとはいえまだ寒いので、アイスクリームを外で食べることはないけど……

暖かい部屋で食べるアイスクリームって、わりと好きなんだよな～。

「シルに送る分と補充《ほじゅう》分、あとは新しいアイスにも挑戦するか」

「「あたらしいの!!」」

新作と聞いて、アレンとエレナの目が輝く。

「手伝ってくれるかい？」

「「うん！」」

二人は元気よく手を挙げた。

「アレン、つくるー」

「エレナ、たべるー」

「……おや？」

「んにゅ？」

「あれ～？」

アレンとエレナは何かがおかしい、とばかりに左右対称に首を傾《かし》げる。

「「つくるー！」」

これはあれだよな？　エレナの「食べる」は、きっと言い間違いだよな〜。

「エレナは手伝ってくれないのかな？」

「「あっ！」」

僕がそのことを指摘すると、二人は同時に声を上げた。

「えへへ〜、まちがえちゃった〜」

「あはは〜、エレナ、まちがえた〜」

そしてエレナは少し恥ずかしそうにペロッと舌を出し、アレンはそんなエレナを見て笑う。

「エレナもつくるの！」

「ははっ、じゃあ、お願いするよ」

「うん！」

可愛い間違いはあったものの、僕達は早速、厨房《ちゅうぼう》に移動してアイスクリーム作りを始める。

「さて、アレンとエレナは何の味のアイスが食べたいんだ？」

「んとねー……アレン、ちょこれーと！」

「んとねー……エレナはみるくー！」

「了解、チョコレートとミルクな」

うーん、シルに送る分は何の味にするかな〜。

チョコレート味は前に送ったので、それ以外の味がいいよな。

　じゃあ、王道のミルクとイーチと……それから新しく作ろうと思っているミルクティーあたりにするかな。

「アレンとエレナには混ぜ混ぜをお願いしてもいいか？」

「うん、まぜまぜする～」

「あとねー、たまごわる～」

「お、じゃあ、お願いするかな」

　まずは二人のリクエストであるミルクアイスとチョコレートアイスを作ろうと思うんだけど……刻んだチョコを入れて、チョコチップ系のアイスにするのもいいな！

「アレン、エレナ、刻んだチョコレートも入れて、カリカリの食感のアイスにするか？」

「「おぉ～、いいねぇ～」」

　僕の提案に、二人は目をキラキラさせる。

　あ、あとはイーチ味で作ってもいいかな？　チョコチップ系のアイスといえば、僕はチョコミントも好きなんだけど。

　でも、ミントアイスってどうやって作るんだろう？　ミントエキス的なものを混ぜるということはわかっているんだけど、そのミントエキスがな～。

　ミントをレイ酒に漬《つ》け込めばいいのかな？　いや、それではあくまでもお酒であって、アイスには使えないか？

あ、蜜液――ガムシロップみたいな樹液《じゅえき》で煮出してみるか？　うん、やってみよう。

お酒と言えば、ラムレーズンアイスっぽいものを、ブランデーとレーズンに似ている乾燥《かんそう》させたククルの実で作れるかな？　子供達には食べさせられない大人用だけど、やってみるか。

いや～、困った。挑戦してみたいものがいっぱいだ。

そうそう、氷菓子《こおりがし》といえば、かき氷もまだ作っていなかった。

まあ、まず最初に、氷を削る機械を作ってもらわないといけないんだけどな！　あの魔道具屋のお爺《じい》さんなら作ってくれるだろうか？

ホットプレートを作ってもらいたいと思っていたことだし、明日にでも訪ねてみよう。

そんなことを考えている僕をよそに、アレンとエレナはどんどん作業を進めてくれていた。

「「おにーちゃん、たまごわれた～」」

「二人とも上手！」

「「えへへ～」」

いや～、本当に上達したな～。少し前まで卵を潰《つぶ》していたのが懐かしいよ。

「じゃあ、僕は他の材料を用意するから、次は混ぜるのをお願いな」

「「うん！」」

結局、チョコチップ入りのミルク味とチョコ味、シルに送る用に普通のミルク味、イーチ味に、紅茶の茶葉入りじゃなく、〝ミルクティー〟を使ったアイスを作った。それから、ペースト状になるまですり潰した黒ゴマで作ったアイス、粒餡《つぶあん》を混ぜ込んだアイス、ブランデーに漬けた干しククルの実を入れたアイス、蜜液で作ったエキスを使ったミントアイスも。

早速、アレンとエレナと一緒に味見していく。

「あ～、これは駄目《だめ》だったか～」

ほとんどのアイスが良い出来であったが、ミントアイスだけがちょっと失敗だったかな？　ミントエキスが薄かったせいか、ミントの香りがほとんど感じられなかったのだ。それこそ、ほんのりミント風味っていう感じだ。

ミントが入っていることを知らなければ、ただのミルクアイスだと思うだろう。

「「おいしいよー？」」

「ミルクアイスとしてならな」

「「みんと？　においするの～」」

「そうか？　アレンとエレナはミント味も大丈夫なのか？」

「アレン、これすき～。すっきり？」

「エレナもすき～。さっぱり？」

ミントアイスって好き嫌いが出る味だと思うのだが、アレンとエレナは好きらしい。

とはいっても、今食べているミントアイスはそこまで味に出ているわけではないからな～。

「でも、もっと濃い味にしたものはどうだろうな？　今日はもう試さないけれど、また作ってみようか」

「「たのしみ～♪」」

ミントアイスは時間ができたらまた作ることにしよう。

……おっと、忘れないうちにシルにアイスを送っておかないとな～。

「よし、これでいいな。――じゃあ、チョコチップのミルクとチョコアイスを器に盛って、マティアスさんとレベッカさんのところに突撃するか？」

「「とつげき？」」

今日は僕達の後見をしてくれているルーウェン伯爵家の当主、マティアスさんと伯爵夫人のレベッカさんがお邸《やしき》にいるそうだ。

なのでそう提案してみると、アレンもエレナも目をキラキラとさせた。

「「する♪」」

器に盛ったアイスを《無限収納《インベントリ》》に入れて、マティアスさんとレベッカさんのいる部屋に向かうと、アレンとエレナは文字通り、二人に突撃していく。

「「とつげき～」」

「おやおや、可愛い攻撃が来たぞ」

「あらあら、本当ね。二人ともいらっしゃい。どうしたのかしら？」

ちょうどお茶を楽しんでいたマティアスさんとレベッカさんは、子供達を大歓迎してくれた。

「あいす、つくったの～」

「いっしょにたべよ～」

「まあ、嬉《うれ》しいわ～」

それから僕達は、みんなでアイスを食べながらおしゃべりを楽しんだのだった。

あまりに楽しかったので気づかなかったんだけど、シルから大量のモウのミルクとコッコの卵が送られてきていた。

……これはまたアイスを作って送ってくれという意味だろうか？

◇　◇　◇

「お爺さん、こんにちはー」

「「こんにちはー」」

「おお、おまえさん達か。よく来たのぉ～」

翌日、僕達は街の魔道具屋にやって来た。

ここはフィジー商会のステファンさんに紹介してもらったお店なんだけど、見た目をあえてボロボロのお化け屋敷《やしき》風に偽装している、ちょっと変わった魔道具屋なのだ。

「作っていただいた道具、とても便利に使わせていただいています」

以前訪れた際にミキサーとジューサーを買い、さらには店主のお爺さんに、ハンドミキサーとミンサーまで作ってもらったので、そのお礼を言う。

「それは良かった。で、また何か作って欲しい道具ができたかい？」

「実はそうなんです。無理なら無理と言ってくれて構わないので、話を聞いてもらえませんか？」

「ふぉ、ふぉ、ふぉ。いいぞ。この老いぼれに作れそうなものならよいのだがな〜」

「ありがとうございます！」

お爺さんが快く僕の話を聞いてくれることになったので、まずはかき氷を作るための氷を削る魔道具と、ホットプレートのような魔道具を説明する。

「氷を薄く削るものと、大きめの鉄板に合う魔道コンロだな。うむ、その二つなら問題なく作れるだろう」

「本当ですか！」

これで、かき氷機とホットプレートが手に入るな〜。

「かきごおりー？」

「こんろー？」

「かき氷は氷を削って作るおやつだな。コンロはお肉をいっぱい焼くものだよ」

「「おぉ〜！」」

アレンとエレナが、僕が頼んだ魔道具はどんなものか気になったようなので簡単に説明する。

するとと二人は、目をキラキラさせた。

「お願いしてもいいですか？」

「「おじーちゃん、おねがい！」」

「ふぉ、ふぉ、ふぉ。構わんぞ。ただ、以前に作った回転刃を使う魔道具のように、削る刃や鉄板は鍛冶屋《かじや》に特注になるな」

「構いません。あっ、鉄板は交換用というか、予備も一緒に注文してもらってもいいですか？」

「ん？　わかった、頼んでおこう」

あ、交換用の鉄板といえば、平らなタイプの他に、深さのある鍋タイプも欲しいよな～。

ああ、あと、タコ焼き用のものとかも作ってもらえるかな？　でも、これは直接鍛冶屋にお願いしたほうがいいかもしれない。

「お爺さん、特注の鉄板の他に、鍋とかもお願いしたいんですけれど、お爺さんが頼む鍛冶屋さんはそういうもの……というか、僕の注文でも受けてくれますかね？」

「ああ、大丈夫だぞ。ヴァンの坊主のところは包丁や鍋を専門にしておるからのぉ。ふぉ、ふぉ、ふぉ、鍛冶屋でも何かいろいろ頼みたいものがありそうだのぉ」

「ええ、そうなんです」

「それなら店を教えるから、儂《わし》の代わりに注文に行ってもらうとするかのぉ」

「はい、任せてください」

紹介してもらえてよかった～。僕じゃあ、武器を作る店と鍋とかを作る店の見分けがつかないからな。

「あと、お爺さん、もう一つお願いしたいものがあるんですが、いいですか？」

「ん？　なんじゃい？」

「これなんですが……」

僕は炊飯器《すいはんき》を《無限収納《インベントリ》》から取り出し、お爺さんに見せる。

「これと同じものは作れますか？」

「どれ、中をちぃーと見せてもらうぞ」

「はい、どうぞ」

ルーウェン家、リスナー家、城の人達、さらに以前カレーライスの昼食会を開いた際の他参加者から、ご飯を作る方法を聞かれていた。

しかし、僕が使っている炊飯器はシルから貰《もら》ったもので、買ったわけではない。

だから炊飯器を手に入れられるお店は知らないし、かといって鍋でご飯を炊く方法を正確に教えることもできない。

なので、炊飯器の複製ができないかな～と思ったのだ。

お爺さんは炊飯器を調べながら、感心したように呟《つぶや》く。

「ふむ……加熱が主軸のようだが、加熱温度や時間が細かく設定されているのぉ」

へ～、そうなんだ。でも確かに、鍋でご飯を炊く時って、火加減を強くしたり弱くしたりした気がする。

「これは料理に使うものか？」

「はい、白麦を加熱するためのものなんです」

「白麦？　白麦ってあの白麦か？　食べるのかい？」

『白麦』というのはお米のことなんだけど、この世界では家畜《かちく》の餌《えさ》として扱われている。そのせいか、お爺さんは不思議そうにしていた。

「はい、その白麦です。食べてもらったほうが早いかな？」

僕は作り置きしていたホカホカのご飯を《無限収納《インベントリ》》から取り出してお爺さんに手渡す。

「パンの代わりにしたりするんです。昼食には少し早いですけれど、おかずも用意しますので食べてみませんか？」

「ふむ、ご馳走《ちそう》になるかのぅ。だが、どうせならこの魔道具を実際に使うところを見たいんじゃが……構わんか？」

「大丈夫です。すぐに用意しますね」

お爺さんのリクエストに応えて、ご飯は一旦しまい、新たに出した白麦と水をセットした炊飯器を起動させる。

お爺さんが炊飯器をまじまじと観察し始めたので、僕は場所を借りて早めのお昼ご飯を用意することにした。

「何がいいかな～」

「しょーゆ！」

「みそ！」

「そうだな。ご飯にはショーユとミソの味付けがいいよな！」

「「うん！」」

おかずを何にしようか悩んでいると、アレンとエレナがリクエストを言ってくる。

お爺さんにもご飯の魅力をわかってもらいたいので、やはりここは和食っぽい、というか定食っぽい感じにするかな～。

「じゃあ……魚の塩焼きに……肉じゃが、浅漬け、味噌汁《みそしる》でどうだ？」

「「いい～」」

よし、メニューは決まりだな。

ご飯は十分で炊き上がるから、さくさく作ってしまわないとな！

「おっ、止まったかのぅ？」

「できたみたいですね」

レインボーサーモンという魚の切り身の塩焼きがもう少しで焼ける……と思ったところで、ご飯が炊き上がった。

マロ芋、タシ葱《ねぎ》、ニンジンにオーク肉をいっぱい使った肉じゃがは《エイジング》の魔法を使ったのでもうでき上がる。

キャベツとミズウリに昆布の細切りを入れた浅漬けは、アレンとエレナが一生懸命《いっしょうけんめい》揉《も》みこんでくれたので、これも大丈夫。

ダイコンとシィ茸《たけ》の味噌汁は、ミソの実を溶かせば大丈夫だから……――

「アレン、エレナ、ご飯を混ぜてからお茶碗《ちゃわん》によそえるかい？」

「「できるー」」

「じゃあ、お願いいな」

「「うん！」」

ご飯をよそうのはアレンとエレナにお願いし、僕はおかずを仕上げてお皿に盛っていく。

「お爺さん、温かいうちに食べませんか？」

「おお、すまんのぅ」

せっかくだから炊き立てのご飯を食べてもらわないとね。

出来上がったお昼ご飯を出すと、お爺さんは嬉々《きき》として食べ始めた。

「おぉ、これは美味《うま》い」

いな～。


「「おいしい～」」

「白麦がこれほど柔らかくなるのか～。うん、おかずとの相性も良いのぉ～」

お爺さんはとても気に入ったらしく、ぺろりと完食した。

もちろん、アレンとエレナも残さず食べる。そういえば、二人は魚や野菜なんかの好き嫌いはないな～。


「――それで、どうですか？」

「ふむ……結論から言うと、儂では同じものは作れなそうだ」

食事を終え、いよいよ炊飯器が作れるかどうか聞くが、お爺さんからはそんな答えが返ってきた。

「……そうですか、残念です」

「これこれ、話は最後まで聞きなさい」

「え？」

落ち込む僕に、お爺さんが呆《あき》れたように注意してくる。

「同じものは無理だが、下位――劣化版なら作れそうだ」

「え？　作れるんですか？」

お爺さんの言葉で、落ち込んでいた気持ちが浮上する。

「これには時空魔法を使って時間を短縮する仕組みが組み込まれておる」

「あ、そういえば……」

確かに、この炊飯器はかなり短い時間でご飯が炊き上がる。そういうものだと思っていたから何も考えていなかったが……時空魔法が組み込まれていたのか。

「時空魔法を組み込むのは儂には無理じゃ。だが、それ以外ならば可能だ」

「おぉ～」

じゃあ、結果的には炊飯器は作れるんだな！　それは朗報だ！

時間短縮ができないといっても、普通に炊けば三十分から一時間くらいで炊き上がる。だったら、全然問題なんてないもんな～。

「ぜひ作ってください！」

「うむ。儂も白麦が気に入ったのでな、喜んで作らせてもらおう」

「ありがとうございます！」

炊飯器については、複数作ってもらうようにお願いしておいた。


魔道具屋を後にした僕達は、お爺さんに紹介された鍛冶屋へと向かった。

お爺さんが作ってくれる魔道具に使うもの以外に、僕も作ってもらいたいものがあったんだよね。

本当はマティアスさんに店を紹介してもらおうと思っていたのだが、思わぬところでつないでもらえたよ。

「こんにちはー」

「「こんにちは～」」

「いらっしゃいませ」

「えっと……違ったらすみません、ヴァンさんでしょうか？」

「ん？　そうだが？」

出迎えてくれたのは、三十代くらいの男性。お爺さんはヴァンさんのことを〝坊主〟と言っていたので、少し自信はなかったが……合っていたようだ。

僕よりずっと年上なんだけれど、お爺さんからすれば坊主なのだな～。

「僕、魔道具屋のお爺さんから紹介されて来たんですが……」

「魔道具屋？　ボロ屋敷のソル爺さんか？」

「あ～、そういえば名前を聞いていなかったです。店はその……ボロ屋敷風な店構えですね」

魔道具屋のお爺さんはソルさんという名前らしい。「お爺さん」とばかり呼んでいたから、すっかり名前を尋ねるのを忘れていたよ。

「じゃあ、ソル爺さんで間違いないな。しかし、ソル爺さんからの紹介なんて珍《めずら》しい。注文は何だ？」

「まずはこれをお願いしたいのですが……」

「ん～、どれどれ……」

僕はまず、ソルお爺さんに書いてもらった炊飯器の釜、かき氷機用の刃、鉄板などの寸法が書かれた紙をヴァンさんに渡す。

「変わった大きさのものばかりだな」

「難しいですか？」

「いや、このくらいなら問題ないな」

「本当ですか？　それじゃあ、お願いします。それで、どれも複数お願いしたいんですけれど、数は――」

炊飯器は複数作ってもらう予定なので多めに。かき氷機の刃も欠けてしまう可能性があるし、鉄板と一緒に予備用をお願いした。

鉄板はさらに深めのものと、タコ焼き用のものも作ってもらうことにした。タコ焼き用の鉄板は説明に苦労したが、絵を描きながら伝えたので何とか作ってもらえそうである。

「あとは……」

「まだあるのか？」

「ええ、急ぎではないですが、ぜひ作ってもらいたいんですよね」

蒸し器用の鍋に超特大鍋、あとはサイズ違いの泡立て器がいくつか欲しい。

全ての注文を終えた時、ヴァンさんの顔が少々引《ひ》き攣《つ》っていた気がするが、僕は前金を支払ってからお店を後にした。

◇　◇　◇

「「いっぱいかったね〜」」

「買っちゃったね〜」

鍛冶屋を後にした僕達は、まだ明るかったので街をぶらぶらと散歩する。

すると――

「ご飯をください！」

唐突に現れたヴィヴィアンに、そんな要求をされた。

彼女は以前、ベイリーの街近くで出会ったヴァンパイアの女性なのだが、出会う度にこうして食事を強請《ねだ》ってくる。

「……おい、ヴィヴィアン。お前の第一声はそれしかないのか？」

「あっ！　キキビを使った料理も完成しましたか〜？」

「おい！」

前回、確かにキキビ料理については、できたものを食べさせると約束していた。していたが……そうじゃない！

「あ！　タクミさん、これは赤麦という、ある地域に生える、白麦に似た扱いをされているものなんですけれど……気になりませんかぁ？」

ヴィヴィアンはそう言って、何かが入っている革袋を掲げて見せてくる。

赤麦？　白麦と似たような扱いということは、家畜の餌に使われているってことだよな？

ん～、何だろうな～？

「赤麦って言うくらいなんだから、赤いものなのか？」

「粒自体は白麦よりも白っぽいですかね。赤麦って呼ばれるのは、粒の周りについている皮？殻《から》？　それが真っ赤だからですね～」

へぇ～、皮が赤色か。

……ん？　そういえば、白麦の皮の部分が何色かも、どんな風に生えているかも知らないよな。自分が知っている稲のように、穂《ほ》に米が入っていると勝手に思い込んでいたが……そうとは限らないか。

というか、絶対に違う気がしてきたよ！　だって、普通に手に入る白麦が綺麗《きれい》に精米されているんだから。家畜の餌なら、あんなに綺麗に籾殻《もみがら》を外したりしないだろう。

「ヴィヴィアン、僕は白麦が生えているのを見たことがないんだが、あの白い粒ってどの部分なのか知っているか？」

「はい、知っていますよ～。えっと……私の膝丈《ひざたけ》よりも少し高いくらいの植物で～、上部のほうに丸い袋状の殻がいくつか連なっていててぇ～。その殻の中にあの白い粒が入っているんですよ～」

……ん～、地球の稲と同じように聞こえるかな？　いや、だが待てよ――

「一粒ずつ殻がついているのか？　それで、赤麦も同じか？」

「もぉ～、質問が多いですね。私は早くご飯が欲しいんですけどぉ～……仕方がないので答えますから、ご飯を奮発してくださいよ～。それで答えですが、一つの殻は硬貨くらいの大きさで、一つに二十粒くらい入っていたはずですよぉ～。で、赤麦は本当に色違いなだけですね～」

あぁ～、やっぱりちょっと違った。ヴィヴィアンの説明だと、玄米はないのかな？

それにしても米に似たものか～。似たもの……って――まさかっ！

「ヴィヴィアン、その赤麦をちょっと見せてくれ」

「はいはい～。これですよ～」

ヴィヴィアンから渡された、そこそこ重みのある革袋の中身を見る。

確かにヴィヴィアンの言う通り、見た目はほとんど米だが、これはもしかして……モチ米かな？

「「なーに？」」

アレンとエレナも僕の両脇から袋の中を覗《のぞ》き込《こ》む。

「たぶんモチ米だと思うんだけどな～」

「「もちごめー？」」

「そう。ご飯よりもっとモチモチしたものが作れるはずなんだ」

これがモチ米なら、蒸したものを潰して……ショーユに海苔《のり》、大根おろし、餡子《あんこ》に……大豆――

丸豆を炒《い》って粉にしたらきな粉もいけるか？　結構いろいろ楽しめそうだな！　あっ、砂糖ショーユでみたらし風もいいよな！

「それ食べたいです！　タクミさん、早速作ってください!!」

「アレンもたべたーい！」

「エレナもー！」

すぐさまヴィヴィアンがモチを食べたいと要求してきて、アレンとエレナも便乗する。

「アレン、エレナ。お昼ご飯を食べたばかりだろう？」

「「おやつー！」」

ソルお爺さんのところで昼食にしてからあまり時間は経ってないけど……おやつなら食べられるってことかな？

「さて、じゃあ、どこで作ってもらいましょうかね～」

「……決定かよ」

「決定ですよ～。だって、子供達も食べたがっているんですよ？　それをタクミさんが無視するなんてできないはずです！」

……確かに無視はできないが、ヴィヴィアンに言われると癪《しゃく》だな。

「「もちもちたべたーい……だめ～？」」

「……くっ」

アレンとエレナの上目遣《うわめづか》いは、僕には効果抜群だ。

「……本当にモチが作れるか、僕も試してみたいしな。作ってみるか」

「「やったー！」」

「おお！　タクミさんがあっさり陥落《かんらく》した！」

からかうようにこちらを見てくるヴィヴィアンに、ジト目を向ける。

「ヴィヴィアン、煩《うるさ》い！　ヴィヴィアンは試食しないんだな？」

「あ、すみません。黙ります！　なので、食べます！」

そうしてヴィヴィアンを黙らせ、僕達は前回クリームどら焼きを作った時と同様に、彼女が泊まっている宿へ移動した。


「とりあえず、これでいいな」

まずは炊飯器に、洗った赤麦と水を入れる。本当はしばらく水に浸《ひた》しておいたほうがいいはずだが、それは《エイジング》で解決。蒸すのも炊飯器で普通に炊けばいいだろう。

炊飯器を稼働《かどう》させたところで、モチに合わせる具材かタレを用意することにする。

「しょっぱいのと甘いのなら、どっちがいい？」

できる味付けを全部、というわけにはいかないので聞いてみると――

「「あまいのー！」」

「両方で！」

「「あっ！　りょうほう！」」

一旦、甘いものを選んだアレンとエレナだが、ヴィヴィアンの発言を聞いて意見を翻《ひるがえ》す。

ん～、これは子供達にとって悪影響になるだろうか？　それとも、このくらいだったら問題ないかな？　微妙なところだ。

「……とりあえず、間をとって甘じょっぱいのにするか」

水に砂糖とショーユを同量溶かし、軽く沸《わ》かしてトロミをつける。

そうこうしているうちに、あっという間に赤麦が炊き上がった。

「「たけたー！」」

「じゃあ、潰すか～」

僕の言葉に、アレンとエレナが不思議そうにした。

「「つぶすー？」」

「そうだよ。潰してモチモチにするんだ」

僕はそう言って、炊き上がった赤麦を、熱々のうちに潰していく。

「「ぺったん♪　ぺったん♪」」

アレンとエレナの声に合わせてすりこぎ棒で潰していけば、あっという間に粘《ねば》りが出てきた。

モチつきみたいに力や時間を要さずに、簡単に僕の想像するモチ状態になった。

「ここまではモチだな」

「炊き上がりの見た目は白麦みたいでしたけど、全然違う状態になるんですね～。それで？　もう完成ですか？」

僕は興味津々《きょうみしんしん》に覗いてきたヴィヴィアンに答える。

「あとはひと口サイズに丸めて、タレに絡めればでき上がりだな」

「丸めるのなら私でもできます。さ、さ！　早く作って食べましょう！」

四人でモチを丸めたら、あっという間に終わってしまったが……ヴィヴィアンの丸めたモチがかなり大きかった。

まあ、それはヴィヴィアンが食べればいいか。もともとこの赤麦はヴィヴィアンが持ってきたものだしな～。

「「かんせい～」」

「完成～」

「よし！　じゃあ、食べてみるか」

「「わ～い」」

……ヴィヴィアンが子供達と同じレベルになっている気がするが、早速モチを口に運んでみる。

「お～」

想像通りの食感に、僕は安堵《あんど》した。

モチだ。まごうことなきモチだ。やはり赤麦はモチ米で間違いなかった。

「「「ん～～～」」」

みたらしモチを食べた三人が歓喜の声を上げる。あの様子だと、口に合ったのだろう。

「タクミさん、美味しいです！」

「そりゃあ、良かった。で、ヴィヴィアン。この赤麦はどこに行ったら手に入るんだ？」

「内緒です」

「おい？」

是非ともこの赤麦を手に入れたかったのだが、ヴィヴィアンは答えようとしなかった。

「いや～、これは本当に教えられないんです。でもでも！　こんなこともあろうかと、たっぷりと確保してきましたので、それで許してください！」

「……」

場所は秘密ということには引っ掛かるが、赤麦が手に入るのならいいか。

「わかった。じゃあ、場所を聞かない代わりに、持っている赤麦を売ってくれるんだな？　いくらだ？」

「嫌です。売りません」

「おい！」

「私は物々交換しか受け付けません！　なので、対価は料理でお願いします！」

僕はヴィヴィアンらしい返答にがっくりと項垂《うなだ》れるが、キキビのスープなど適当に対価《りょうり》を用意して、大量の赤麦を手に入れたのだった。

たくさんの赤麦を譲《ゆず》ってもらい、再び街をぶらぶらしていたところで、僕はふと思った。

「モチと言えば、やっぱり臼《うす》と杵《きね》かな～？」

今回炊いたモチ米は少量だったので、すりこぎ棒で潰すのは問題なかったが、もう少し量が多くなるとちょっと辛い。

いつもなら、お爺さんに魔道具を作ってもらわないと！　と思うところだが……先ほどたっぷりと仕事をお願いしてきたばかりなので頼みづらいんだよね。

「うすー？」

「きねー？」

「モチを作る、木でできた道具だよ」

僕が答えると、子供達は目を輝かせた。

「「かうー！」」

「ん～、売っていないと思うぞ？」

「「えぇー！」」

不満そうな声を出した二人は、いいことを思いついたとばかりに口を開く。

「「じゃあ、つくる！」」

そして、すぐに違う案を出してきた。とても的確な案である。

魔道具も便利だと思うが、臼と杵を使った従来のモチつきというものも子供達にやらせてみたいので、作るのは賛成だ！

「そうだな。作ってもらうか！」

「「うん！」」

「じゃあ、木を扱う工房だな。行くか？」

「「いくー！」」

というわけで、木工を専門とする店を探すことにした。

意外とすぐに見つかった店の前で、アレンとエレナが首を傾げる。

「「ここー？」」

「うん、どうやら家具を作る工房らしいけど、お願いしてみようか」

「「おねがいする～」」

そうしてアレンとエレナは我先にと店に入っていく。

「「こんにちはー」」

「おやおや、可愛らしいお客様だね～」

「こんにちは」

「はい、いらっしゃい」

店に入ると、恰幅《かっぷく》の良い中年の女性がにこやかに出迎えてくれた。

「『おねがいあるの～』」

「おやおや、注文があるのかい？」

「『うん、ちゅうもーん！』」

人の好《よ》さそうな女性だからなのか、アレンとエレナは躊躇《ためら》いなく話し掛けている。

「すみません。こちらでは個人の注文は受けてくれますか？」

工房によっては特注を受け付けていないと聞いたことがあったので、最初に確認する。

「もちろんだよ。家具かい？」

「道具になるのかな？　形状は、すり鉢《ばち》の大きいものと木槌《きづち》ですね」

「おや、それなら問題ないさね。大きいと言っても、せいぜい私くらいの太さの木を使ったものだろう？」

「……」

特注が問題ないのは良かったが……女性から返答しづらいたとえが飛び出してきた。

「こらこら、お客人が返答に困っているぞ」

困っていたら、店の奥から中年の男性が出てくる。

「あら、あなた、ちょうど良かったわ。特注のお客様だから、呼びに行こうと思っていたところよ」

「……オレの言葉は無視か？」

「ん？　じゃあ、任せたわ〜」

旦那《だんな》さんのようだが、女性は彼の窘《たしな》める言葉を完全にスルーする。

旦那さんは、なかなか苦労していそうだ。今もぐったりと項垂《うなだ》れているよ。

「……お客人、待たせてすまないな。注文を聞こう」

「……お願いします」

後は任せた、とばかりに女性が店の奥へ戻っていくと、旦那さんが改めて注文を聞いてきたので、僕はもう一度、臼と杵について説明する。

すると、旦那さんからも問題なく作れるという言葉をもらったので、お願いすることにした。

「問題は、素材に何を使うかだな」

「堅《かた》くて丈夫なものがいいですね」

アレンとエレナが思いっきりモチをついても壊れない素材がいいんだが……うん、普通の木だと駄目な気がしてきた。絶対に壊れる。

本当に頑丈《がんじょう》な木じゃないと駄目だ！

「これはどうですか？」

というわけで、僕は《無限収納《インベントリ》》からガヤの木を取り出した。ちょうど良さそうな太さで、短めに切られたものがあったからな。

するとと、アレンとエレナはそれが何の木かいち早く気がつく。

「「がやのきー？」」

「お、アレン、エレナ、よくわかったな～」

「「わかったー！」」

「おい、ちょっと待て⁉　ガ、ガヤの木だってぇ‼」

子供達の言葉に旦那さんはぎょっとして目を見開き、慌てて木を検分し始める。

「うぉ！　本物だ！」

「あ、でも、質の良い木だからって、堅いとは限らないか？」

勝手にガヤの木は堅いと思い込んでいたが、どうなんだろう？

そう思って呟くと、旦那さんが慌てて首を振った。

「素材としては充分だ。充分すぎる！」

「本当ですか？　良かったです」

うん、大丈夫なようだ。

ガヤの木＝頑丈、というのは間違いなかったみたいだな。

「いやいやいや、ガヤの木はもっと他に使い道があるだろう⁉」

「他にですか？」

「ああ、建物の支柱や家具なんかに使ったほうがいい素材だぞ！」

そういえば、ガヤの木で作った家具も頼みたいと思っていたんだったな〜。

「ガヤの木で家具を作る場合、どのくらいの期間が掛かるんでしたっけ？」

「ん？　そうだな、簡単なものでも一カ月。細工の細かいものなら、五、六カ月は必要だな」

「そんなに掛かるんですか？」

やはりガヤの木の加工には時間が掛かるのだな。

半年くらいとなると、ちょっと頼むのを躊躇《ためら》ってしまう期間だ。

「じゃあ、先ほど僕が頼んだものならどのくらい掛かりますか？」

「あれは作りが簡単だからな。多少、削り込みに時間が掛かるが……そうだな〜、だいたい十日ほどかな？」

作りは簡単でも十日掛かるのか。ガヤの木はそれほど堅いということなのだろう。

しかし、臼と杵を作らないという選択肢はないよな。

「じゃあ、とりあえず、そちらをお願いしますね」

「家具じゃなくて、すり鉢のほうをか!?」

「はい、そっちです」

設置する予定のない家具よりは、臼と杵のほうが優先だよ。

「うす、おねが〜い」

「きね、おねが～い」

「……うすときねというのは何だが知らんが……任せておけ」

駄目押しとばかりに、アレンとエレナがお願いすると、旦那さんはがくりと項垂《うなだ》れる。

しかし、しっかりと引き受けてくれたので、安心してお願いしたのだった。

第二章　挨拶回りをしよう。

「えっ⁉　レベッカさんも領地に行くんですか？」

「ええ、そうなの」

ルーウェン家の邸《やしき》の一室で、僕が思わず声を上げると、レベッカさんが頷《うなず》いた。

年が明けた現在、王都の社交シーズンは既に終わっている。

王都に集まっていた貴族達はどんどん領地に戻っていて、リスナー家のセドリックさん、テオドールくん、ラティスくんも近いうちに領地に戻ると連絡が来ていた。

そして、ルーウェン家の長男夫婦であるヴェリオさんとアルメリアさんも、身重であるアルメリアさんの体調が良いうちに領地に戻るそうだ。

「ほら、アルメリアがあの状態でしょう？　ですから、私も領地に行っていろいろ手助けをすることにしたの」

確か、ルーウェン家の領地は、王都で仕事のあるマティアスさんの代わりに、ヴェリオさんが領主代行をしているんだったな。

すると、奥さんであるアルメリアさんも領地では何かしら手伝うことがあるはずだ。

今はまだ目立たないが、すぐにお腹が大きくなってきて、思うように行動できなくなるんだろうな～。

であれば、レベッカさんが二人について領地に戻るのも納得できる。

「そうなんですね。それで、出発はいつなんですか？」

「それが、五日後なのよ」

「えっ⁉　すぐじゃないですか！」

もっと時間があると思っていたのに、あまり猶予《ゆうよ》はないようだ。

急な気もするが、もしかしたらもっと前から決まっていたのかもしれないな。

「「……おばーさま」」

「アレンちゃん、エレナちゃん、どうしたの？」

「「おばーさま、どっかいっちゃうのー？」」

「あらまあ！　それで泣きそうなお顔をしているの？」

「「うぅ～～～」」

僕とレベッカさんのやりとりを眺めていたアレンとエレナは、今にも泣きそうな顔をしていた。

そんな子供達を見て、レベッカさんはほのかに嬉しそうな顔をする。

「離れるのが悲しいなんて、私、感激だわ～」

「「……うにゅ～～～」」

……いや、かなり嬉しそうだ。

「私もアレンちゃんとエレナちゃんと離れるのは寂《さび》しいもの。そうだわ！　アレンちゃんとエレナちゃんも一緒に行きましょうか！」

「「いっしょー？」」

「ええ、アレンちゃんとエレナちゃんはお兄さんといろいろな街を見て回っているのでしょう？　それなら、次はルーウェン領の街に行ってもいいじゃない！　――ねえ、タクミさん、良い案だと思わない？」

「そうですね～……」

レベッカさんの言葉に、僕は考える。

王都にはそれなりの期間いたので、そろそろ違う街に行ってみようかと思っていたのは確かだ。まあ、どこに行こうかは全然決めていなかったけどな～。

「別の街に行こうにもまったく当てはなかったので、嬉しいお話ですね。だけど、それではまた甘えることになりそうで……」

きっとまた、ルーウェン家の邸《やしき》でお世話になってしまうであろうことだけが気がかりだった。

「あら、甘えると言っているけれど、滞在場所だけでしょう？　そのくらいなら甘えるとは言わないわよ。だいたい、それ以上に私達だってタクミさんにはお世話になっているわよ」

「え、そうですかね？」

「そうよ」

何だろう？　僕的には一方的にお世話になっていると思っていたが、そうではないらしい。

ん～、僕がルーウェン家に提供したものね……食材かな？　まあ、それを今考えても仕方がないか。

「アレンとエレナはどうしたい？」

「「いきたい！」」

「それはルーウェン領の街に？」

「「うん！」」

泣きそうだったはずのアレンとエレナは一転、強い眼差《まなざ》しで訴《うった》えてくる。

「よし、じゃあ、行こうか」

「「ほんとー？」」

「うん。まあ、しばらくはレベッカさんと離れることになるけどね」

「「なんでー？」」

ルーウェン領の街に遊びに行くのはいいけど、五日後に出発するレベッカさん達と一緒には行けない。

だって、注文した魔道具や臼と杵を受け取らないといけないし、自領に戻るセドリックさん達も見送りたい。

「王都でやり残したことがあるからね。それが終わってから出発するとして……――レベッカさん、ルーウェン領は王都から西に行ったところでしたよね？」

「あら？　タクミさん……もしかしてローヴェル領と勘違《かんちが》いしているんじゃないかしら？」

「えっ⁉」

「ルーウェン領は王都の東の海沿い。セルディーク国との交流が盛んな街、ルイビアがそうよ」

うわっ、凄《すご》い勘違いをしていた。西じゃなくて、東！　正反対じゃないか！

今、確認しておいてよかった～～～。

「危うく違う場所に行くところでした」

「ふふっ、良かったわね～」

「ええ、本当に。えっと……王都とルイビアの街の間にはまだ他の街がありますよね？」

「ええ、あるわね。――ああ、そういうことね」

僕が考えていることがわかったのか、レベッカさんはにっこりと微笑《ほほえ》む。

「アレンちゃん、エレナちゃん、他の街も見ながらゆっくりルイビアの街に来てちょうだい」

「「ほかのまちー？」」

「そうよ。二人はまだまだ知らないものがいっぱいあるでしょう？　だから、いろんなものを見て、感じて……たくさん経験することも大事よ」

「「……だいじ～」」

そう、僕は真っ直ぐにルイビアの街を目指すんじゃなく、せっかくなので間にあるだろう街や村なども堪能《たんのう》しつつ向かおうと思っているのだ。

レベッカさんは、そのことをしっかり理解してくれていた。

「ははは～、レベッカさん、代弁ありがとうございます」

「ふふっ、合っていたようね」

「ええ、僕の考えていたことと同じだったので驚きましたよ」

本当に、僕の考えを読んだかのようだった。

「レベッカさん、準備があると思いますが、出発までの間、時間があったらアレンとエレナを構ってあげてもらえますか？」

「もちろんよ」

それからというもの——

「おばーさま、おやつたべよー」

「おばーさま、ごほんよもうー」

アレンとエレナは〝外に遊びに行きたい〟〝依頼を受けに行きたい〟などとは言わず、カルガモの雛《ひな》のようにレベッカさんについて回るようになった。

「——アレンちゃん、エレナちゃん、お茶にしましょうか」

「「うん！　あのねー、きょうはね、おやつをつくってきたのー」」

レベッカさんが出発する前日、アレンとエレナはレベッカさんのお誘いに、そう答えた。

「あら、二人が？」

「うん、アレンね、ちょこぷりんつくったのー」

「エレナはね、いーちのぷりん！」

これは、レベッカさんと一緒に食べるためにおやつを作りたい、と二人が言うので挑戦した新作だ。

テーブルについてお茶の準備ができたところで、二人はプリンを出す。

「「どう？　どう？」」

「まあ、二人とも、美味しいわよ～」

「「ほんとう!?」」

プリンを食べたレベッカさんの反応に、アレンもエレナも満面の笑みで喜んだ。

「「またつくるー」」

「あら、いいの？　こんなにも美味しいものを作るのは大変ではなくて？」

「「だいじょーぶ」」

「じゃあ、お願いしようかしら」

「「うん！」」

そんなほのぼのとした日々も過ぎ、あっという間にレベッカさん、ヴェリオさん、アルメリアさんが領地に向けて出発する朝を迎えた。

僕はアレンとエレナを連れて、玄関に見送りに出た。当然、ルーウェン家の皆さんもいる。

「「……あぅ～」」

「あらあら、アレンちゃん、エレナちゃん、泣かないでちょうだい」

そしてアレンとエレナは、涙をポロポロと零《こぼ》していた。

自分達が旅立つことはあっても、親しい人が旅立っていくのは初めてだもんな～。

「アレン、エレナ、一生の別れじゃないんだから、笑顔で見送ってあげないと」

「そうよ。また会えるでしょう?」

「「……うん」」

まだぐずぐずとしているが、アレンとエレナは涙を止めて笑顔を作ろうとする。

「「おばーさま、またね」」

「ええ、また会いましょうね」

「「うん」」

子供達はレベッカさんにぎゅっと抱き着いてお別れの挨拶をする。

「レベッカさん、ヴェリオさん、アルメリアさん、道中お気をつけて」

「ありがとう。ルイビアの街でまた会えるのを楽しみにしているわ」

「タクミくん、楽しかったよ。領のほうにはいつでも来てくれ」

「お待ちしていますね」

ヴェリオさんとアルメリアさんとはなかなか一緒に過ごすことはなかったが、二人とも穏やかな人物なので、今では僕も親しみを感じている。

「子供達と一緒に、お土産《みやげ》をいろいろと集めてお伺いしますね」

「いっぱい〜」

「あつめる〜」

「「「……」」」

僕達の宣言に、旅立つ三人がなぜか無言になった。

「……タクミさん？　それはあくまでも……お土産話よね？」

「ああ、そういうお土産ですか。いや〜、私はタクミくんがどんな非常識なものを持ってくるのかと冷や冷やしましたよ」

絞《しぼ》り出《だ》すように言ったレベッカさんに、ヴェリオさんが続く。

確かにレベッカさんの言う通り、アレンとエレナがこれから体験するだろう旅の話は、次に会った時の土産話にはなるだろう。でも、僕の言ったものは物品のほうなんだけどな〜。

……それにしても、ヴェリオさん、非常識なお土産って何ですかね？

「……どのくらいのものからが、非常識なお土産になりますか？」

正直自分でもわからないので、思い切って聞いてみた。

「今までの経験からいえば……マジェスタの実、トリュフ、ユキシタ茸《だけ》、オークジェネラルやアーマーバッファローは普通じゃないな。ああ、パステルラビットもか。こうやって挙げてみると、タクミの非常識さが浮き彫りになるな～」

ここで何故か、一緒にお見送りしていたヴァルト様――僕がこの世界で最初に訪れた街、シーリンで親しくなった騎士で、ヴェリオ様の弟であるグランヴァルト様から指摘が入った。

予想通りと言えば予想通りの品々が挙げられたが……細かいことを気にしないヴァルト様に指摘されると何だか癪《しゃく》だ。

「……じゃあ、ドラゴンのお肉をお土産にできるように頑張りますね」

「「がんばるー」」

なので、あえて非常識なお土産を用意すると宣言すると、アレンとエレナもにこにこと笑いながら拳を突き上げた。

「いやいやいや！　タクミ、それはシャレにならないからな！」

「この際、非常識というものを突き詰めてみるのもいいかな～と」

「……おい、タクミ、ちょっと待てよ」

ヴァルト様から制止の声が掛かるが、聞こえない振りをする。

「あ、なくなってしまう肉よりは毛皮とかのほうがいいかもしれない。えっと、毛皮なら何の魔物がいいかな？」

「くまー？」

「おおかみー？」

アレンとエレナも、目を輝かせて提案してきた。

「じゃあ、片方は王都のルーウェン邸《てい》への、もう片方は領地のルーウェン邸へのお土産にするか？」

「「おぉ～、がんばる～」」

「だから、ちょっと待てって言っているだろう！」

ヴァルト様はとうとう声を荒らげてくる。

「「だめなのー？」」

「ああ、駄目だぞ」

「「なんでー？」」

不思議そうな子供達に、ヴァルト様は言葉に詰まりながらも答える。

「何で……それはな、普通じゃないからだ」

「「ふつうってなーに？」」

「普通!?　普通っていうのは……一般的なことだ」

「いっぱんてきー？」

「なーに？」

「一般的っていうのはな……――」

アレンとエレナがヴァルト様を質問攻めにする。

質問を受ける立場っていうのは、結構つらいんだよね～。うん、ここはヴァルト様に任せておこう！

「タクミさん」

そっと子供達とヴァルト様から遠ざかっていると、そこにレベッカさんがマティアスさんを伴《ともな》って近寄ってきた。

「美味しいドラゴンのお肉、楽しみにしているわね」

「私も毛皮の敷物を新しくしたいと思っていたところなんだ。タクミくん、良いものがあったらよろしく頼むよ」

「ええ、期待に応えられるように頑張ります」

二人はとてもにこやかに笑っているので、本気で言っているのではなく、僕の冗談《じょうだん》に乗ってくれているだけだとわかった。

……まあ、毛並みの良い毛皮の敷物なら何とかなるかもしれないが、さすがにドラゴンの肉はちょっと無謀《むぼう》だよな～。

「ふふっ。でも、あまり待たされるのは嫌よ。ですから、お土産が手に入らなくても、ある程度の期間で切り上げて遊びに来てちょうだい」

「わかりました。何十年経っても会えないのは僕も嫌なので、しっかりと心に刻んでおきます」

「ええ、そうしてちょうだい」

レベッカさんは微笑むと、僕のことを軽く抱きしめてくる。

「レベッカさん？」

「タクミさん、これからあなたも旅立って行くんでしょうけれど、あなたは私の三人目の息子なの。だから、王都にあるこの邸《やしき》も、領にある邸《やしき》もあなたの家よ。遠慮《えんりょ》せずに帰ってきてね」

「……ありがとうございます」

レベッカさんがこんな風に思ってくれていることに感動し、思わず泣きそうになる。

「寂しくなって、すぐにルイビアの街に行きたくなっちゃうじゃないですか」

「あら、それは大歓迎よ」

「レベッカさん、誘惑《ゆうわく》は駄目です」

「あら、残念」

今度は笑いが誘われる。

「でも、本当に待っているわ」

「はい、すぐに伺います」

「アレンちゃんとエレナちゃん、元気でね」

「「うん、おばーさまもね」」

レベッカさんはいつの間にかこちらに来ていたアレンとエレナにもう一度挨拶をすると、馬車に乗り込んで出発していった。

アレンとエレナは、馬車が見えなくなるまで手を振って見送っていた。

◇　◇　◇

「またベイリーにも遊びに来てくださいね」

「アレンくん、またね～」

「エレナちゃん、またね～」

レベッカさん達を見送った三日後、今度は領に戻るリスナー家の三人を見送った。

そしてそれからというもの……

「「いってらっしゃい」」

「ああ、行ってくるよ」

「「はやくかえってきてね」」

「わかったよ。二人も良い子で待っているんだよ」

「「うん！」」

アレンとエレナは仲の良い人達が少なくなっていくのが寂しいのか、仕事に行くマティアスさんに「ちゃんとかえってくる？」「きょうははやい？」などと尋ねるようになった。

マティアスさんは笑いながら子供達の相手をしてくれるが、毎日何回も聞くので本当に申し訳ないんだよね〜。

しかもそれだけじゃなくて……。

「おやおや、二人ともどうしたんだね？」

「「おじーさま、おしごとー？」」

マティアスさんが自邸の執務室《しつむしつ》で仕事をしている時まで、部屋を覗き込んで執務を中断させてしまうこともあった。

「マティアスさん、すみません」

「急ぎのものはないし、構わないよ。こっちにおいで」

「「うん！」」

呼ばれたアレンとエレナは、満面の笑みでマティアスさんに駆け寄る。

「今日は何をしていたんだい？」

「「おりょうりしたの！」」

「料理かい？　美味しいものはできたかな？」

「「うん！」」

楽しそうに話す子供達。

「おじーさま」

「たべてねー」

「おや、では二人が作った料理が夕食に出るのかな？　それは楽しみだ」

今日二人が作ったのは、お好み焼きっぽいものだ。

長芋がなかったので固めの出来だし、ソースもトゥーリの実――トマトをベースにショーユやニンニクを混ぜて作ったから、お好みソースとは似ても似つかない。

全体的にお好み焼きと呼んでいいものかわからないが、それなりに美味しくできた。

僕達は昼に食べたのだが、アレンとエレナがマティアスさんにも食べさせたいと言うので、午後からもう一度作ったのだ。

僕の勝手なイメージだと、お好み焼きって夕食にはあまり食べないんだけど……まあ、ただのイメージなので問題ないだろうと、夕食の一品に加わったというわけだ。

「タクミくん、やはり子供達は邸《やしき》に籠《こも》りがちなのかい？」

マティアスさんは子供達と話していた表情を一変させ、真剣な表情で僕のほうを見てくる。

「そうなんですよ……すみません」

そうなのだ。アレンとエレナはレベッカさんがルーウェン領に行くとわかってから旅立つまで、ずっと邸《やしき》の中で過ごしていた。

そして彼女がいなくなった後も、あまり外に出たがらなかった。

「いやいや、責めているわけではないんだよ。ヴェリオやヴァルトがこの子達くらいの時は、邸《やしき》にいるほうが断然多かったからね。ただ、この子達の場合はいつもあちこちと出歩いていたから、少し気になっただけだよ」

そうか、貴族の子供だとそう頻繁《ひんぱん》に出歩いたりしないものなのか。

「まあ、一時的な行動だと思うんですよね。明日は街に出かけようと思っているので、それを嫌がったら……ちょっと真剣に考えてみます」

「それでいいだろう。で、明日はどこに出かけるんだい？」

「はい、白麦を炊く魔道具の試作品ができたと連絡が来たので、確認しに行ってきます」

「おぉ！　それは重畳《ちょうじょう》だな！」

マティアスさんは嬉しそうな表情を浮かべる。

「確認して問題がないようなら、すぐに正式に製造をお願いしてきますね」

「頼むよ！　他家からもその魔道具に関しての要請が来ているし……そして何より、我が家にも欲しいものだからね」

わぁーお、炊飯器についての他家からの要請ってまだ来ていたんだ～。

マティアスさんが防波堤《ぼうはてい》になってくれていたのかな？　これは早めに魔道具を完成させないと。

◇　◇　◇

今日はまず、予定通り魔道具屋に行くんだけど……王都出発に向けていろいろと用事を済ませることにした。

アレンとエレナに出かけることを伝えると、二人は特に変わった様子もなく一緒にやって来た。やはり邸《やしき》に籠っていたのは一時的なものだったようだ。

「お爺さん、こんにちは。連絡ありがとうございます」

「「こんにちは～」」

「おぉ、来たかい」

「「きた～」」

お店に入るとお爺さんはにこやかな表情で出迎えてくれ、すぐに僕が頼んだ魔道具を用意する。

「まずはこれじゃ」

お爺さんが最初に取り出したのは、かき氷機のようだ。

魔道具の上部の蓋《ふた》を開くと氷を入れる空間がある。底の中央部分に刃がついていて、下にはしっかりと器をセットできるようになっている。

「刃を固定して、氷を回転させる仕組みだ。一応、氷を限りなく薄く削れるように刃の角度を調整してあるが、実際に使って確認してみてくれ」

「じゃあ、早速使わせてもらいますね」

僕はすぐに魔道具に入る大きさの氷を作って、魔道具を起動させてみる。

すると、セットした器にふわふわの氷が積み上がっていった。

「おぉ～、凄いです。理想的な感じです！」

「「ゆき～？」」

「そうだね。雪みたいだ」

頼んだ僕もビックリなくらい、綺麗なかき氷ができ上がった。

多少ジャリジャリ感の強いかき氷になるのではないかと思っていたので、本当に感動した。

「喜んでもらえて何よりなんだが……その氷をどうするんじゃ？　食べるような話をしておったが、元は氷なんじゃから、冷たいだけだろう？」

「本当は夏――暑い日に食べるものなんですが、せっかくなので試食してみましょうか」

果実を煮詰めて作ったジャムやシロップ類はあるので、食べてみてもらおう。

「「たべる～」」

アレンとエレナが〝早く、早く〟と急かしてくるのを落ち着かせて、すぐに人数分の氷を削って果実のシロップをたっぷりとかける。

「はい、どうぞ。混ぜながら食べてみてください」

「どれ、いただくとするかのぉ～」

「アレンとエレナも、一気に食べたら頭が〝ギーンッ〟ってなるから、ゆっくり食べるんだよ」

「「はーい」」

三人に完成したかき氷を手渡すと、早速食べ始める。

「おぉ、なるほど、これは冷たくて美味《うま》い！　暑い日には最適じゃな！」

「「んん～～～」」

お爺さんはもちろん、アレンとエレナからも感嘆《かんたん》の声が漏れる。

「今回は普通の氷を削ってシロップをかけましたけど、果実水を凍らせて削ってもいいと思うんですよね」

僕の言葉に頷きながら、お爺さんは感心する。

「いやはや、これは儂が思っていた以上に凄いものだったようだ。おまえさん……いや、タクミ、この魔道具についてはステファンにも伝えるが構わないかね？」

「ステファンさんに？　えっと……この魔道具を売るということですか？」

「いや、売るのは魔道具ではなく、かき氷そのものじゃよ。一般家庭では夏に氷を確保するのは無理じゃが、ステファンならそのあたりは問題ない。あいつがこれを売るようになれば、儂も好きな時に食べられるじゃろう」

なるほど、自分が食べたいってことか。どうやら、お爺さんはかき氷をかなり気に入ってくれたようだ。

「僕は問題ないですが……ステファンさんは話に乗ってくれま――」

「乗る！　あやつなら間違いなく乗る！」

「……」

利益が出そうなものならステファンさんなら間違いなく飛びつくだろうが、何分、ここに本人がいるわけではないので、絶対ではない。

そう思っていたんだけど、お爺さんは断言した。

「えっと……じゃあ、この後に顔を出そうと思っていたので、話だけはしておきます。ただ、僕達はもうすぐ王都を離れる予定ですから、実施に関してはお二人に任せきりになってしまいますよ？」

「うむ。任せておきなさい。ああ、だがステファンにもあのかき氷を食べさせてくれ。実物を知ってもらったほうが、話が早いからのぉ～」

そうして思いの外《ほか》かき氷で盛り上がった後、お爺さんは次にホットプレートの魔道具を見せてくれた。

「こいつは現存の魔道コンロを大きくしただけだから問題あるまい」

「おぉ～」

ホットプレートも理想通りであった。

「こいつも受け取ってあるがの……こんなにボコボコしたものを何に使うんじゃ？」

そう言ってお爺さんが取り出したのは、僕が鍛冶屋に直接頼んだタコ焼き用の鉄板だった。

普通の鉄板、鍋代わりに使える深めのものと一緒に、こちらの店に届けられていたようだ。

「この魔道具にセットして使うのだから料理に使うんじゃろ？」

「ええ、詳しく説明するのは難しいのですが、生地を流して丸く焼き上げるためのものですね」

〝タコ焼き〟と言ってもわからないと思うので、ただそう伝える。

「確かに二つ合わせれば丸くなるか？」

なるほど、丸く焼くと言われれば、この鉄板で焼いたものをくっつけるという考えになるのか。

間違ってもくるくる回しながら焼くとは想像しないよな～。

う～ん、説明は大変そうだから……とりあえずいいかな。

「どうですかね？　かなりボコボコしていますが、加熱は大丈夫そうですかね？」

「まあ、問題なかろう。火力の調整はできるんじゃから、あとは料理人の腕次第じゃな。さて、あとは本命の白麦の調理器じゃ」

「あ、炊飯器ですね！」

僕は試作品だという炊飯器をお爺さんから受け取る。

「まずは白麦を炊いてみてもいいですか？」

「構わぬよ。むしろ、試してみてくれ」

「はい。じゃあ、早速！」

僕はすぐに白麦を用意して、魔道具を稼働させる。

「じゃあ、また早めのお昼ご飯を用意しましょうか～」

「「ごは～ん」」

「おぉ、いいのか！　実はちょっと期待していたのじゃ！」

「そうなんですか？　でも、簡単なものしか作れないですよ？　えっと……カレーライスとかでもいいですか？」

「カレー？　ステファンのところで最近売り出し始めた調味料のことじゃな？　あれを使った料理かのぉ？」

お爺さんが言っているのは、カレー粉かカレー塩のことかな？

「風味はそうなんですけど、ちょっと違うかな？　あれは本来、カレーライスのために作った調味料をアレンジしたものなので～」

「ほぉ～、そうなのか。それは楽しみだ」

どうやら、メニューはカレーライスでいいようだな。

「じゃあ、ちょっと待っていてくださいね」

「「てつだう～」」

「ありがとう。じゃあ、アレンとエレナには混ぜ混ぜをお願いするかな」

「「わかったー」」

お爺さんが作ってくれた炊飯器はどのくらいでご飯が炊けるかわからないが、さくさく作ってしまおう。

「良い匂いじゃな～」

「そうですか、良かったです。――あ、ご飯も炊けましたね」

魔法を使ってカレーを煮込み終わったところで、ちょうどご飯も炊き上がった。だいたい四十分くらいかな？

「炊き上がりも……問題なさそうですね。美味しそうに炊けてます」

「「いいにお～い。おにーちゃん、はやく～」」

「はいはい」

早速食べてみるが、ご飯に芯《しん》が残っているなどの問題はない。

であれば、もっと作ってもらわないとな。マティアスさん達も待ち望んでいるのだから！

もともと複数作るように頼んでいたとはいえ、試作品だと言っていたから、今はこれしかないだろうと思ったが――

「とりあえず、十台作っておいたぞ！」

「っ!?」

お爺さんは既に大量に作ってくれていた。

「……さすがですね～」

「「さすが～」」

「ふぉ、ふぉ、ふぉ。自分でも良い出来だと思ったんでな。もちろん、これ以外にも既に儂の自宅用も作ってあるぞい」

本当にさすがである。

「どうする？　何台持って帰るんじゃ？」

ルーウェン邸、領のほうのルーウェン邸、リスナー邸、それに城には確実に必要だろう。あと、僕も予備の炊飯器を持っていたい。マティアスさんがどのくらい頼まれているか知らないが……ああ、追加でまだ作ってもらう必要があるかな？

「えっと……全部いいですか？」

「構わんぞ。ただ、中にはめ込む釜をまだ全部受け取ってきていないんじゃ。ああ、釜を使い回して試しは済んでいるから、魔道具自体は問題ないぞ？」

「じゃあ、釜は僕がこの後に受け取りに行きます。僕が個人的に頼んでいるものもあるので」

「悪いの～」

僕は炊飯器や他の魔道具の代金を支払い、あとはマティアスさんが頼まれている炊飯器が足りなかった時のために、僕以外の人が注文できるように交渉した。

結果から言えば承諾《しょうだく》は得たのだが、お爺さんはフィジー商会を窓口にするよう、勝手に決めてしまった。

まあ、見た目がボロボロのこのお店に直接来るよりはフィジー商会のほうが、ルーウェン家からお遣いに出る使用人さんには良いだろうと思い、口を噤《つぐ》んでおいた。

お爺さんの店を出た僕達は、次に鍛冶屋へ向かった。

「「つぎはー？」」

「次は鍛冶屋さん。頼んでいたお鍋や泡立て器を受け取りに行くんだよ」

「「にくまん！」」

「そうだね、これでいつでも肉まんが作れるようになるね」

「「やったー」」

肉まん以外にも蒸し料理が作れるようになる。それに、今まで普通の鍋でどうにか蒸していたプリンも作りやすくなるだろう。

「おにーちゃん、はやくー！」

「かじやさん、いそぐー！」

「急がなくても鍋は逃げないぞ？」

「にくまん！」

「はやくつくるー！」

子供達はすぐに肉まんを作るべく、蒸し器を急いで取りに行きたいようだ。僕の手を引っ張りながら駆け出しそうな勢いだった。

「いらっしゃい」

「どうも、こんにちは。注文した品を受け取りに来ました。あと、魔道具屋のお爺さんが注文してある釜も受け取りたいんですが」

結局、鍛冶屋まで子供達に引っ張られながら早足でやって来た僕は、店主のヴァンさんに用件を伝える。

「はい、すぐにお持ちしますね」

ヴァンさんは僕の姿を見ると、すぐに品々を持ってきてくれた。

「重ねる鍋は何分《なにぶん》初めてでしたので、こちらで大丈夫でしょうか？」

「わぁ！　とてもいいですね！」

頼んだのは三段重ねの蒸し鍋だった。上二段の鍋底には小さな穴を複数開けてもらい、さらに蓋つきになるようお願いしたのだ。

そしてヴァンさんは、その僕の注文通りのものを作ってくれた。

「ご満足いただけたようで良かったです」

「ええ、大満足です。どれもありがとうございます」

他にも超特大な鍋や細々と頼んだ調理器具などもとても満足できる品であり、全ての品を受け取った僕達はほくほくして鍛冶屋を後にした。

よほど肉まんを作りたいのか、早く帰ろうと言うアレンとエレナを何とか説得し、次に僕達はフィジー商会へと行き、ステファンさんに旅に出ると挨拶をした。

王都を離れてしまうことは残念がられたが、僕達が冒険者であることを知っているステファンさんは既に他の街にある支店に話を通しておいてくれたようだ。

にこやかな笑みで「どこでも気軽にお立ち寄りください」と言ってくれた。

買い物もそうだが、ステファンさんは暗に〝何かアイディアがあれば、是非とも他の商会ではなくフィジー商会に〟と言いたいのであろう。

まあ僕としても、何か作ってもらいたい時は、気心も知れ、いろいろと優遇してくれるフィジー商会のほうが、わざわざ一から交渉する手間を省けるので他の商会より良い。

そう考えた僕は頷いておいた。

「あと、ステファンさん、かき氷という氷菓子があるのですが、それを――」

「かき氷！　氷菓子!!　タクミ殿、それはどういうものでしょうかっ!!」

かき氷について話そうとすると、ステファンさんは最初の単語を聞いただけでクワッと目を見開き前のめりに尋ねてくる。

そして説明しようとしても興奮して話を聞いてくれないので、直接食べてもらうことにした。

「これですね。どうぞ、食べてみてください」

「ほぉ！　これがかき氷ですか！」

作って持ってきたかき氷を手渡すと、ステファンさんはじっとかき氷を見つめる。

「氷を細かく削って……それに果実を煮たものをかけたんですかね？」

「……ステファンさん、溶けるので食べたほうがいいですよ」

「おぉ、そうですな！　では、いただきます」

まじまじと観察を続けているステファンさんに食べるように促すと、そこでやっとかき氷を口にする。

「おお！　これはいいですな！　タクミ殿、これは売れます！」

ひと口食べたステファンさんは勢いよく立ち上がると、声を張り上げる。

「あ～、魔道具屋のソルお爺さんもそう言ってて、ステファンさんに売り出して欲しいそうです」

「よろしいのですか!?」

「えっと……何がでしょうか？」

勢いに引きつつそう聞くと、ステファンさんは身を乗り出す。

「私がこのかき氷を売り出してもよろしいのでしょうか？」

「ああ、はい、構いません。ただ、僕は王都から離れるので、ステファンさんとソルお爺さんに完全にお任せすることになりますけれど――」

「お任せください！」

またた！　何で最後まで言わせてくれないかな⁉

前にもこんな経験した覚えがあるんだけど……前もステファンさんだったかな？　違う人だったか？　まあ、誰でもいいか～。

「……じゃあ、お願いします」

それからはステファンさんがあれこれと構想を呟き始めたので、詳しい話はソルお爺さんとするように言ってから、僕達はそっとフィジー商会を後にした。

続いて家具工房にも向かい、お願いしていた臼と杵を受け取った僕達は、さらに真珠《しんじゅ》の宝飾品を作った宝飾店に出向いた。

特にお願いしているものがあるわけではないのだが、王都を出る前にお店を見ておこうと思ったのだ。

いつもはお店の人がルーウェン家へと来てくれていたので、店舗を見たことがなかったしな～。

「これはこれは、タクミ様ではありませんか！　ようこそお越しくださいました！」

「こんにちは。目的のものはないんですけれど、少し見せてもらっていいですか？」

「もちろんですとも！　ゆっくりご覧ください」

お店の中に入ると顔見知りの商人さんが出迎えてくれ、商品が並ぶ棚へと誘導《ゆうどう》される。

「へぇ～、凄いな」

「きらきらだね～」

「ふぉわ～～～」

棚には色とりどりの宝石を使った綺麗な装飾品が数多く並べてあった。

子供達も綺麗な品々にワクワクした様子だったが、その表情は微妙に違う。

アレンはただ単にキラキラと輝くものに興味を示している感じだが、エレナは明らかに宝飾品の色や形に興味を示しているようだった。

「おにーちゃん！　すごいの！」

エレナは品が並べられた棚に駆け寄り、食い入るように見つめる。

「お嬢様、お気に召していただけたようですね」

「うん、きれー！」

尋ねられたエレナは満面の笑みを見せる。

「こちらには子供が普段使いできそうな品は置いてあるのですか？」

「そうですね。貴族のお嬢様ではなく、裕福な家庭の少女と限定すると少なくなりますが……今、ご用意しますね」

「すみませんが、お願いします」

商人さんは僕が求めているランクのものを理解しているようで、すぐに数点の品を取り出してくれる。

「こちらは比較的控えめな価格ですので、お嬢様が普段身につけられても問題ないかと存じます」

商人さんが並べてくれたのは、宝石は使われていない、細工がメインの装飾品だった。

「へぇ～、いろんな意匠《いしょう》があるんですね。——エレナ、どうだい？　気に入るのがあれば買ってあげるよ」

「いいの⁉」

「いいよ。でも、一つだけだよ」

「うん！」

エレナは並べられた品を一つずつ真剣に吟味《ぎんみ》し始める。

「アレンはどうする？」

「ん～？　アレン、いらなーい」

僕はエレナの様子を窺《うかが》いながら声を掛けてみるが、アレンは商品を見ただけで満足したようで、エレナが宝飾品を選ぶのを静かに眺めていた。

「そうか。じゃあ、この後に武器屋に行ってみるか？」

「ぶきー？」

「そう、武器。アレンは剣とかに興味はあるかい？」

「けん！　ほしい！　アルさまみたいの！」

パッと顔を輝かせるアレン。

見た目は似ている二人だが、最近はそれぞれの嗜好《しこう》が分かれてきた。

二人とも〝アイスクリームが好き〟と言っても、アレンはチョコレートのアイスが一番好きで、エレナはイーチのアイスが一番好きだったりする。絵本でも、アレンは冒険譚《ぼうけんたん》のようなものが好きなのに対し、エレナはお姫様が出てくる話が好きらしい。

なので、アレンが興味を示しそうな剣の話を振ってみたのだ。

「アル様みたいの？　ん～、それはまだ早いかな。でも、アレンでも使えそうな練習用の剣を探してみようか」

「うん！」

さすがに大人が扱う長剣をアレンが振り回したら危ないので、まずは短めで、なおかつ刃を潰したものを探してみよう。

「おにーちゃん、きまったー！」

そうこうしているうちにエレナが宝飾品を決めたようだ。

「決まった？　どれだい？」

「これ～」

エレナが選んだのは、雪の結晶のような形のブローチだった。

「おっ、可愛いのを選んだね」

「えへへ〜」

可愛いだけじゃない。首飾りや髪飾りとかではなく、自分が持っていない種類の宝飾品を選ぶとは……さすがだな。

「じゃあ、これをください」

「はい、ありがとうございます」

エレナが早速ブローチを着けたいと言うので、その場で胸元に着けてあげると、とても良い笑顔でくるりと一回転する。

〝どう？〟と言わんばかりの表情はとても可愛かった。


宝飾店の後は、主に武器を扱う鍛冶屋を探す。

「おにーちゃん」

「あそこー」

「ん？　ああ、そうだね。じゃあ、あそこに入ってみるか」

「「うん！」」

アレンとエレナがそれっぽいお店を見つけてくれたので入ってみると、店内には様々な武器が並べられていた。

「いろんなの〜」

「いっぱい～」

「そうだな」

剣、短剣、弓、槍《やり》、斧《おの》など武器だけではなく、鎧《よろい》などの防具もたくさんある。

「い、いらっしゃいませ！」

「お邪魔しています」

「何をお探しでしょうか？」

店内を見ていると、元気いっぱいの青年が奥の方から慌てて出てきた。

「こちらでは刃を潰した剣を扱っていますか？」

「刃を潰したものですか？　すみませんがうちでは売っていません。あ、でも……」

最初はないと言っていた青年だったが、言葉を濁《にご》し、視線を彷徨《さまよ》わせる。

何か心当たりがありそうだな～。

「でも、何ですか？」

「僕が……僕が打った剣なんですが……」

「あなたが打った剣？」

「はい……親方にまだまだ〝なまくら〟だと言われているので……」

どうやら青年は鍛冶見習いらしく、自分が打った剣が僕の求めているものに近いのではと、ぼそぼそと伝えてくれる。

自分の打った剣が〝切れない剣〟だと言葉にするのはなかなか難しいはずだ。

それなのに、彼は客の要求に応えようとしてくれている。

「それを見せてもらうことはできますか？」

「僕が打った剣をですか？　えっと、ちょっと待っていてください。親方に確認してきます！」

青年は慌てて店の奥へと駆け込んでいく。

まあ、見習いだったら自分が打った剣を勝手に売ることはできないから、それを確認しに行ったのだろう。

「お前さんかい？　弟子のなまくらが欲しいって言っているのは？」

しばらくして、青年が中年の男性を連れて戻ってくる。たぶん、彼が親方だ。

「なまくらというか、刃を潰した剣が欲しいんです。子供達の剣の練習用に」

「ああ、なるほど。練習用の剣な。それでなまくらか。それなら、こいつの剣がぴったりだな」

親方は納得したように頷きながら、青年の背中をばんばんと叩く。かなり痛そうだ。

「ぴったりかどうかわかりませんが、見せてもらえますか？」

「まあ、それならいいだろう。――マイク、あるだけ持ってこい」

「は、はい！」

青年――マイクくんは、親方に言われて再び店の奥へ駆け込んでいく。

「そうそう、お客さん、弟子が打ったものは何度も打ち直しているんで、強度はそこまでないぞ？」

「まあ、打ち合うことは無理でも、型の練習なら問題ないのでは？」

「ああ、それなら問題ないな。ところで、子供と言うのはその子らか？　随分《ずいぶん》とちっこいうちからやらせるんだな～」

どこか感心したように言う親方に、僕は頷く。

「剣に興味があるみたいなので、今から触らせておこうと思いましてね」

「確かに……興味津々って感じだな」

「ですね」

さっきからアレンはもちろん、エレナも周りにある武器に近寄ってまじまじと眺め回っているのだ。

「アレン、エレナ、見るのはいいけど、危ないから触っちゃ駄目だよ」

「「はーい」」

注意すればしっかりと返事はあるが、こちらに戻ってくる気配はない。

「お、お待たせしました！」

そうこうしているうちに、マイクくんが重そうな袋を抱えてふらふらしながら戻って来た。

「意外といろんなサイズがあるんですね。てっきり同じものを打って練習するものだと思っていました」

マイクくんが袋から取り出してくれたものを見て、僕はそう呟く。

主に長剣だったが、いろんな長さのものがあったのだ。

「そうだな。最初はナイフみたいな小物から始めて、とにかく同じものを徹底的に打つもんだ。マイクは今、ナイフを卒業して剣を打ち始めたばかりというところなんだが、半人前なんでナイフとの勝手の違いで手間取って、なまくらのでき上がり……ってわけさ」

「……すみません」

親方の言葉に、マイクくんはすっかり項垂《うなだ》れてしまっている。

「マイクくん、そこは誰もが辿る道だよ。これからも頑張れば親方さんのような鍛冶師になれるさ」

「あ、ありがとうございます」

「じゃあ、早速見せてもらうね。——アレン、おいで」

とりあえず、僕は短めの剣を手に取るとアレンを呼び寄せる。

「アレン、これを持ってみて」

「これ、アレンのけん？」

アレンは笑みを浮かべて剣を握って、それっぽく構えてみせる。

「アレン、いいな～。エレナもほしい～」

エレナは女の子らしい装飾品だけでなく、剣にも興味があるようだ。ただ物珍しく周りを見ていただけじゃなかったってことか。

「エレナも剣を使ってみたいのか？」

「うん、やりたい！」

僕がもう一本、短めの剣を選んで渡せば、エレナもアレンのように剣を構えてみせる。

「アレン、今度はこっちを持ってみて」

今度は先ほどよりも長めの剣を渡すが、アレンはそれもしっかりと持って構える。

「重くないか？」

「だいじょーぶ！」

うん、うちの子達はそこら辺の子供より力はあるから、剣を構えるくらいは問題ないよな～。

「随分しっかりと構えるな～」

「うわっ、本当ですね。このくらいの子供達からすれば一本だってかなり重たいはずですよね⁉」

親方とマイクくんが、アレンとエレナが剣を構える姿を見て感心したような言葉を漏らす。

「じゃあ、この三本をいただけますか？」

アレンが長さ違いで二本、エレナが一本。ここではアレンのものを多く購入しておこう。

「あと、そうだな～……僕用の剣、槍、弓、斧を選んでいただけませんかね？」

「全種類をか⁉　おいおい、お前さんは見たところ冒険者のようだが、欲張らずにどれかに絞ったほうがいいんじゃないか？」

「えっと……どれかに絞るためにひと通り扱ってみようと思いまして」

武器の扱いを習おうと思っていたが、何だかんだ機会が得られずにいた。せっかく武器が揃《そろ》っているお店に来たことだし、ついでに〝普通〟の武器を購入しておこうと思ったのだ。

だって、僕の持っている武器は『水麗刀《すいれいとう》』のような水神様の眷属から貰ったものか、『細波《さざなみ》の迷宮』で手に入れた火の魔法剣だけだ。

なので、一般的な武器を手に入れておきたいのである。

「で、ひと通り武器を買うってか。贅沢《ぜいたく》だな、おい」

「幸い、稼《かせ》ぎはありますので」

「まあ、売り上げになるから、俺は構わないがな。さて、どのぐらいの質のものにする？　初心者用……ではないよな？」

「そうですね～……中の上、くらいでお願いします」

「了解。ちょっと待ってな」

親方がいろいろと吟味しながら選んでくれた武器と、マイクくんの作った剣と合わせて代金を払う。

「アレン、エレナ、その剣は僕がいないところで使っちゃ駄目だからね。約束だよ」

「「うん、やくそくする！」」

僕がお金を支払ったのを見たアレンとエレナは、いそいそと剣を自分のマジックバッグにしまっていた。

許可なく使わないようにしっかりと言い含めると、二人はきちんと約束してくれる。

「じゃあ、ありがとうございました」

「ありがとう」」

目的のものも手に入れたので、今日はもう邸《やしき》に戻ることにした。


ルーウェン邸に戻ってすぐに、僕はマティアスさんに炊飯器の魔道具について報告した。

彼は魔道具が完成したことを大いに喜び、早速使ってみたいと言っていた。

持ち帰った炊飯器の魔道具のうちの一台はすぐにルーウェン邸の厨房へ運ばれていき、もう一台はルーウェン領地の邸《やしき》へ、レベッカさん達の後を追って運ばれることになったのだった。

◇　◇　◇

翌日、僕達は城へ出向いたのだが、門を通ったところでヴァルト様と、彼の同僚《どうりょう》でセドリックさんの弟であるアイザック・リスナーさんに捕獲《ほかく》された。そして、あれよあれよという間に王族専用の談話室へと連行される。

「タクミ、王都を出るんだってな？」

そう尋ねてきたのは、国王であるトリスタン様。

「……ええ、近いうちに。それをお伝えしに来たのですが……既にご存知なのですね～」

部屋には、トリスタン様とグレイス様の国王夫妻、オースティン様、フィリクス様、アルフィード様の王子三人、さらには王太子妃《おうたいしひ》のアウローラ様、王孫《おうそん》のユリウス様、先王陛下の弟であるライオネル様と、僕が知る限りの王族が全員揃っていた。

しかも、護衛はヴァルト様にアイザックさんの他に、巨獣迷宮の探索に同行したナジェーク様、ケヴィン様、クラウディオ様と、顔見知りで固めてあった。

今日、訪ねる旨《むね》は知らせておいたが、さすがにここまで勢揃いしているとは思ってもみなかったな～。

「にーに、ねーね」

「「うにゅ？」」

「えほん、よんで～」

あまりの豪華メンバーに戸惑っていると、アウローラ様の横にいたユリウス様が、アレンとエレナのほうを真っ直ぐに見つめ、手足をバタバタさせ始めた。

ユリウス様はいつの間にか、アレンとエレナのことを兄姉と認定しているようだ。

僕は今日初めてユリウス様に会うことができたが、容姿はオースティン様にそっくりだな～。

「あらあら、ユリウスったら、アレンくんとエレナちゃんに絵本を読んでって、おねだりしてるわ～」

「アレンに？」

「エレナに？」

「ええ、そうね。きっと、前に読んでもらって気に入ったみたいね。アレンくん、エレナちゃん、もし良かったらユリウスにまた絵本を読んでもらえないかしら？」

ユリウス様の様子を見てグレイス様はくすくすと笑い出し、アレンとエレナに提案を持ちかける。

それを見て、僕は二人に許可を出した。

「アレン、エレナ。お兄ちゃん達が話している間、ユリウス様と遊んでいてもいいよ？」

「「ん～？」」

アレンとエレナは僕とユリウス様の顔を交互に見て、悩むように首を傾げる。

「「どこでー？」」

「ふふっ。心配しなくても大丈夫よ。ほら、あそこならお兄ちゃんの見える位置でしょう？」

アレンとエレナの悩みどころは遊ぶ場所だったらしい。

すると、グレイス様がすかさず談話室内の一画にある大きなクッションがたくさん転がっている場所を視線で示した。ぬいぐるみなども見えるってことは、どうやらあそこはユリウス様の遊び場のようだ。

「「うん、じゃあ、えほんよむー」」

「あら、ありがとう。――ユリウス、アレンくんとエレナちゃんが絵本を読んでくれるそうよ。ありがとうって言えるかしら？」

「うん、ありがと〜」

ユリウス様は満面の笑みでお礼を言う。

「いくー。はやくいくー」

「あわてないの」

「えほん、にげないよ」

ユリウス様は早速アレンとエレナの手を引き、遊び場へ誘導していた。

使用人が側にいるとはいえ、子供達だけでは心配だからとアウローラ様が子供達の後を追う。

「ユリウスはすっかり懐いてるな〜」

無邪気に遊び場に収まる三人を見て、アルフィード様――アル様が微笑ましそうな表情を浮かべた。

「ええ、アレンとエレナの良い経験になるのでありがたいです」

「あ〜、二人は普段、大人に囲まれているからな。子供同士でじゃれ合う機会は少ないのか？」

「そうなんです。アレンとエレナより年下になると、ユリウス様しかいないんですよ〜」

「そうなのか？　それにしてはアレンとエレナの年長ぶりはなかなか板についているな」

「ですね。僕もびっくりですよ。これからはもっとこういう子供達の交流も増やせるようにしたいです」

どの街にでも子供達の溜《た》まり場みたいな場所はあるだろうから、顔を出すようにしよう。

「あらあら、ユリウスったら、真剣に絵本を選んでいるわ」

「微笑ましい光景ですね～。――あっ！　すみません、写真を撮ってきてもいいですか？」

ユリウス様と戯《たわむ》れているところは、写真に収めなければいけないと思わせる光景である。

席を立つのは失礼にあたるが、是非とも許可して欲しい！

「タクミ、〝じゃしん〟とは何だ？」

「トリスタン様からいただいた撮影機――魔道具で写し取った絵のことです」

「ああ、あれか。構わぬよ」

許可が出たので早速、そっと子供達に近づいていき、絵本に夢中になっている三人を写真に収める。それも二枚。中座させてもらっているのだから、一枚は献上《けんじょう》しておこう。

アレンとエレナ、僕の契約獣のジュール達全員で集合写真を一度撮っているから、これで魔力紙の残りは……三枚だったかな？　そういえば、宰相《さいしょう》のコンラッドさんに頼んだ魔力紙の製作ってどうなったんだろうな？　上手くいっていればいいんだけど。

「ありがとうございます。良い画《え》が撮れました」

「タクミさん、良ければ写し取ったものを見せてもらえないかしら？」

「もちろんです。あ、こちらは差し上げます」

僕はグレイス様に写真を差し出しながら告げる。

「あら、いいの？　確か、魔力紙はそんなになかったのよね？」

「いいんです。受け取ってください」

「嬉しいわ。ありがとう。――あら、可愛いわ～」

グレイス様は写真を見て微笑ましそうに目を細める。

「タクミ、気を遣わせてすまんな」

「いいえ、気にしないでください」

「そういえば、コンラッドが魔力紙の製作に進展が望めそうだと嬉しそうにしていたな。タクミが助言をしたんだって？」

「ガヤの木を使って紙を作る、という話ですよね？　確かにそうなんですが……それからどうなったか、トリスタン様はご存知ですか？」

トリスタン様から魔力紙の話題を出してくれたので、その後の進展について尋ねてみる。

「ん？　いや、聞いていないな。完成したのなら報告があると思うが……」

「……そうですか」

残念。魔力紙はまだできていなかったか。もしかして、ガヤの木では駄目だったかな～？

「残念そうだな。あとで詳しいことを確認しておくよ」

「はい、お願いします」

引き続き魔力紙は迷宮で探すつもりでいるが、どうなったかだけでも確認しておきたい。ここは素直にお願いしておこう。

「――それで、タクミ。お前達は街や村を巡りルーウェン領に向かうというので、間違いないか？」

「ええ、そうです。しばらくはぶらぶらする予定ですが、ルイビアの街には向かいます」

「その後の予定は決まっておるのか？」

「いえ、それ以降のことはまだ考えていませんが……ああ！　もしかして、国外に行くかどうか、っていうことですか？」

「う、うむ」

僕も一応、高位ランク冒険者だからな。トリスタン様は僕達が国から出ていく心配をしているようだ。

「興味があるので行きたいと思っていますね」

「……そうか」

僕が答えると、トリスタン様はあからさまにがっかりした表情になる。

「ですが、親しい人もできましたし、お世話になっていますから、きっと最終的にはガディア国に戻ってくると思いますよ」

既に僕の中ではガディア国が第二の故郷になっている。

なので、旅行気分で他国に行くことはあっても、他国に居着くことは今のところ考えていない。

「そうか！」

「楽しそうだな。私もタクミ達について行こうかな～」

僕の発言にトリスタン様が満面の笑みを浮かべたところで、アル様がとんでもない冗談を言い出した。

「あら、いいんじゃない」

すると、すかさずグレイス様が賛成だと微笑む。

「「えっ⁉」」

その意見には僕だけじゃなく、冗談で言ったつもりのアル様本人も驚いていた。

「母上？」

「アルフィードもタクミさん達と一緒に旅をしてきたらいいじゃない」

グレイス様は冗談ではなく、本気でアル様に旅に出るように促している。

「母上、私も一応、この国の王子なのですが……」

「王子が遊学《ゆうがく》に出ることはよくあることよ？」

「それは他国の学院に、勉学のためにですよね？」

「ふふっ。冒険者として諸国を巡る方もたくさんいたそうよ？　だから、安心して行ってちょうだい」

アル様とグレイス様のやりとりをトリスタン様、オースティン様、フィリクス様は見守る態勢に入っており、ライオネル様は愉快そうに笑っている。

反対する、もしくはグレイス様を止める気はないようだ。

仕方ないので、僕は口を挟む。

「グレイス様、冗談はそのくらいでお願いします」

「あら、冗談ではないわよ。だって、タクミさんを逃すのは国の損失だもの。アルフィードを引っつけておけば、繋《つな》がりは途切れないでしょう？」

「「「……確かに」」」

グレイス様の本音がここで出た！

〝逃す〟って！　僕を逃すって、獲物かなにかですか!?

しかもトリスタン様、オースティン様、フィリクス様！　何、納得するように頷いているんですか！　ライオネル様は大笑いしているし!!

これ……誰が収拾をつけるんだろうか？

「これこれ、グレイス。戯れはそのくらいにしておきなさい。タクミを本気で困らせるのは本意ではないじゃろう？」

しかしそこでようやく、大笑いしていたライオネル様が止めに入ってくれた。

「そうですわね。タクミさん、ごめんなさいね」

ライオネル様に窘められたグレイス様は、謝罪の言葉を口にする。

「え？　じゃあ、やっぱり冗談だったんですか!?」

「いえ、冗談ではないわね」

「タクミが了承するならあわよくば、ってところかのぅ～」

「そうですわね」

どうやら半分以上は本気だったようだ。

「先ほどの国の損失云々《うんぬん》も嘘《うそ》ではないけれど……損失とか逃すとか、失礼だったわね、ごめんなさい。私、タクミさん個人のことをとても気に入っているの。本当なら引き留めて王都にいてほしいところだけど、無理強《むりじ》いはできないでしょう。だから、私達のことを忘れないようにアルフィードをくっつけておこうと思ったのよね」

グレイス様はもう一度謝罪してくる。

「驚きましたけど、そこまで気にしていませんから！　そんなに頭を下げないでください！」

先ほどは驚きが先で呆気《あっけ》に取られてしまったが、こう頭を下げられると困る。

「はぁ……母上がどこまで本気なのかわからなくて冷や冷やしましたよ。母上、一つ言っておきますが、私なんかがタクミ達に同行しても足手纏《あしでまと》いにしかなりませんよ」

「あら、そうなの？　アルフィード、あなた、そんなに不甲斐《ふがい》なかったの？」

「……っ！　私が不甲斐ないのではなく、タクミと子供達の能力がもの凄く高いんですっ！　これについてはタクミのことを知っている騎士達も同意見だと思いますよ！」

護衛ということでずっと黙っていたヴァルト様、アイザックさん、ナジェーク様、ケヴィン様、クラウディオ様が真顔で頷いていた。

「あらまあ！」

騎士達の様子が目に入ったのだろう、グレイス様は目を丸くする。

「そこまでなの？」

「そこまでですよ。迷宮に同行してもらった時、かなり私のペースに合わせてくれていましたからね。それでも驚くほど早く目的地まで辿り着いたのですよ。それに『細波の迷宮』を短期間のうちに攻略してしまった話だって聞いたではないですか！　というか、この手のことは私が迷宮から戻ってきた時に話しませんでしたか？」

「……してもらったかしら？　覚えはないわね～」

アル様の言う通り、確かに話題に上がったことはあったよな～。

あれはえっと……ライオネル様と初めて会った時で——あっ！

「アル様、アル様」

「ん？　どうした、タクミ？」

「その話をしていた時、グレイス様はトリスタン様にその……お酒を執務室に隠していたことについて話していませんでしたか？」

「ああ！　そういえば、父上に説教していたか！」

一応、僕は言葉を少し濁してみたが、アル様はずばりと言ってしまう。

その途端《とたん》、トリスタン様は苦虫を噛《か》み潰《つぶ》したような表情になった。

「あら、あの時に？　そうね～、うっすらとそんな話をしていたような気もするけれど、ほとんど聞いていなかったわ。ごめんなさいね」

グレイス様はそう言うけど、普通のことじゃないかな？　説教しつつ周囲の会話をしっかりと聞いていたら、逆に驚きだよ。

「でも、そうよね。タクミさんはAランクの冒険者ですもの、強いわよね。タクミさんって〝荒事には関わりません〟っていう顔をしているから、ついつい忘れてしまうのよね～」

「……それは否定できませんね」

グレイス様の言葉にアル様だけでなく、他の人達も同意するように頷いていた。

……まあ、転生前の僕は運動音痴だったし、実際に荒事には極力関わらないようにしているので、間違いではない。

「タクミの場合、荒事に限らず、いろんな事柄に関わりたくなくても、相手から寄ってくるんじゃないか？　あれだ、迷宮での裏ルート発見とか」

「確かに。これはもはや非常識な物事に好かれていると言ってもいいんじゃないか？」

アル様の言葉にフィリクス様が同意しつつ、さらに上乗せしてくる。

「……えぇ～、そこまでですかね？」

寄ってくるというか、巻き込まれることがあるのは認めるが、好かれているとは思いたくないいんだけどな～。

「はっはっはっ、好かれておるのか。人だけじゃなく事象にもタクミは人気者なんじゃな～」

ライオネル様がまた大笑いしだした。

人に好かれることは良いことだと思うけれど、事象に好かれるって……どうなんだろう？

「まあ、悪いことではないじゃろう。誰もがおまえさんの動向を気にしておる証拠じゃ。かく言う儂もその一人じゃがな！　そういうわけで、タクミ。旅に出ても定期的に……そうじゃな、月に一度くらいはどこにおるのか連絡をするんじゃよ。儂も酒について連絡するかもしれんのでな」

「あら、月に一度は最低限ではなくて？　しばらく滞在するような場所に着いた時も連絡してもらいたいわ～」

ライオネル様の言葉にグレイス様が乗っかるが……うん、定期的に連絡することは決定事項なんですね。

だがまあ、それくらいならいいか。冒険者ギルドで手紙を出すだけだしな。

「山の中とかにいる場合もありますので、多少の日数ズレは大目に見てくださいね」

「ふふっ、わかっているわ」

それからしばらくの間、そのまま王族の皆さんと他愛のない話をしていると、絵本を読んでいたアレンとエレナが戻って来た。

「「ただいま！」」

「お帰り。ユリウス様はどうしたんだ？」

「ユーちゃん、おねんね～」

「ユーちゃん、おねむ～」

「……」

アレンとエレナの絵本読みに満足したユリウス様は寝てしまったようだ。

それはいいんだが……アレンとエレナのユリウス様の呼び方は大丈夫なのかな？　いや……いいんだろうな。誰も注意しないどころか、二人のことを微笑ましそうに見ているし。

二人が戻ってきたところで、僕は席を立つ。

「今日はお時間を割《さ》いていただきありがとうございました」

「ん？　何だ、もう帰ってしまうのか？」

「ええ、お暇《いとま》させていただきます。皆様はご多忙な方ですからね。僕達だけで独占するわけにはいきませんよ」

僕は最後に、これまでの感謝と今後のご健勝を祈る言葉を残し、談話室から退室した。

ああ、お城を出る前に厨房にも挨拶に向かい、ついでに炊飯器の魔道具も届けた。

それに邸《やしき》に戻る前に、マクファーソン家やジェイクさんのところのパン屋にも挨拶へ行き、大体の挨拶回りは完了した。

◇　◇　◇

「マティアスさん、お世話になりました」

「おや？　タクミくん、挨拶が違うんじゃないかな？」

「え？」

「「いってきまーす！」」

「うん、正解だ！　二人とも怪我《けが》がないように気をつけて行くんだよ」

「「うん！」」

「おじーさま」

「げんきでねー」

挨拶回りを終えた僕達は、いよいよ王都を離れることにした。

マティアスさんに見送られた僕達は、街を出る前にまず冒険者ギルドへと寄った。

街を離れる報告と、他の街の冒険者ギルドで達成報告をしても問題ない依頼がないか確認するためだ。

「ちょっと、タクミさん！　こっちにいらっしゃいな！」

しかし冒険者ギルドに入った途端、いつもの如《ごと》く職員のケイミーさんが駆け寄ってきて、ギルドマスターの執務室に連れて行かれてしまった。

「ちょっと、あなた！　タクミさんが来ちゃったわよ！」

「えぇ⁉　もうかい⁉　――ちょっと、タクミくん！　挨拶回りをしているのは知っていたが、まさかもう王都を出るのかい⁉　今日はただ依頼を受けに来ただけだよね？」

僕が挨拶回りをしているという情報は耳にしているようだ。さすがである。

だが、僕達が今日ここに訪れたのが予想より早かったのか、アンディさんとケイミーさんは慌てた様子である。

「その、まさかですね」

「な、何てことだ！」

アンディさんは驚愕《きょうがく》の表情で固まってしまった。

旅立つ旨を前もって冒険者ギルドに知らせる必要はないのだが、教えておいたほうが良かったのだろうか？

そう思っていると、アンディさんは悲痛な表情で叫ぶ。

「まだパステルラビットと戯れさせてもらってないのに‼」

「……え？」

「「んにゅ？」」

……うん、特に教える必要はなかったようだな。

というか、アンディさん、パステルラビットと戯れたかったのか？　以前の依頼で僕が連れてきた子と戯れてみて、気に入ったからこの機会に、とか？

ん？　僕がパステルラビットを飼っているのって、アンディさんに教えていたっけ……ああ、そういえば、ケイミーさんに言ったから、アンディさんにも伝わったのか。

「あまり長い時間は難しいですが……」

「おお！　タクミくん、ありがとう！」

シロ達五匹のパステルラビットを召喚してアンディさんに渡すと、彼は破顔してシロ達を抱く。

「あら、あなただけずるいわ～」

すると、ケイミーさんが素早くアンディさんの側《そば》に寄って行き、ミミとリームを奪い取るように抱き上げる。

奪い取る、と言ってもその仕草に乱暴さはなく、ミミとリームは大人しくケイミーさんの腕の中に収まった。

「制限時間は十分でお願いします」

「えぇ！　十分は短いよ～。タクミくん、一時間！」

「僕達にも予定はありますので、十分です。嫌でしたら今すぐその子達を回収して、僕達は依頼を選びに戻ります」

「せ、せめて二十分……いや、十五分！　お願いします！　依頼は僕がすぐさまタクミくんの要望に合わせたものを用意しますから！」

あれ？　アンディさんって〝私〟って言っていた気がするけど……公私で使い分けているのが、今は素が出ちゃった感じかな？　そんなに慌てるくらいパステルラビットを触りたいなら、五分の延長くらいは認めてもいいかな。

「了解です。じゃあ、十五分後に依頼を紹介してください」

というわけで、僕達はソファーに座ったままアンディ、ケイミー夫婦がシロ達と戯れているのを眺め……――ていたわけではなく、《無限収納《インベントリ》》から本を取り出して、時間を潰していた。

そして十五分後。

「終了です。――アレン、エレナ、シロ達を受け取って来てくれるかい？」

「「うん」」

「……至福の時間は経つのが早い」

「あぁ～……」

アレンとエレナにお願いすると、アンディさんとケイミーさんはしぶしぶシロ達を二人に手渡す。

そしてケイミーさんは仕事に戻っていった。

「はぁ……。タクミくん、ちょっと待ってね。えっと……依頼なんだけどね、タクミくんは主に王都から東方面へ行くということで間違いないかな？」

「ええ、そうです」

行き先も僕からは告げていないが、情報は収集済みのようだ。

「じゃあ、北東にあるケルムの街に行く予定はあるかな？」

「ケルムの街ですか？　そこまで詳しく決めていませんけど……話を聞いても？」

「もちろんだよ。その街は鉱山の近くにあってね、採掘《さいくつ》が盛んな街なんだ」

へぇ～、鉱山か。ちょっと興味があるかも。

えっと……ケルムの街は、サザの街とルイビアの街の中間辺りにあるのか。そこなら目的地から大きく逸れるわけではないので問題ないかな？

「じゃあ、依頼はその鉱山で採《と》れる鉱物ですか？」

「いやいや、違うよ。その街には鉱物の採掘に長《た》けた玄人《くろうと》がたくさんいるからね」

ああ、それもそうだな。採掘が盛んな街って言うくらいだし、採掘の職人はわんさかいるよな。

それなら僕の出番はないか。

「鉱山にしかない薬草がね、最近、めっきり手に入らなくなっていてね。それをタクミくんにお願いしたいんだよ」

「ああ、薬草」

「「おぉ～、やくそう！」」

薬草探しと言われて、アレンとエレナがわくわくした表情になる。

「鉱山特有の薬草と言っても、何種類かありますよね？　指定はあるんですか？」

「いや、特に指定はないかな。どれも不足している状況だからね。ケルムの街の冒険者ギルドに提出してくれれば、依頼達成になるように手配はしておくから、気が向いたらお願いするよ」

「あれ？　気が向いたら……で、いいんですか？」

「うん。タクミくん達に強制なんてできないからね」

でもまあ、僕もそうだが、アレンとエレナも既に興味を持ってしまったので、ケルムの街近くの鉱山に行って薬草採取はもう確定だろう。

「さいしゅ」

「いく～」

「おやおや、これは期待してもいいのかな？」

うん、やっぱりね。これはケルムの街行きは決定だ。

「ですが、薬草が採取できるかどうかはわからないんで、あまり期待しないでいてもらえると嬉しいです」

「わかったよ。過剰《かじょう》な期待はしないようにするけど、タクミくん達ならきっと大丈夫だよ」

「……」

アンディさんはニコニコと微笑んで誤魔化《ごまか》しているが、言っていることが凄く矛盾《むじゅん》しているよ？

「あっ、もちろん、道中で手に入れた薬草とか魔物の素材は何でも受け付けるからね」

そしてアンディさんは最後に「楽しみにしているよ」と付け加えた。

滅茶苦茶、期待しちゃっているじゃん！　しないようにする、って言ったばかりなのにさ！

しかも、子供達も「「がんばるー！」」と答えちゃっているし。まあ、薬草なり素材なり、何かしらは手に入るだろうから大丈夫だけどさ～。

「……どこかの冒険者ギルドで依頼を受けるか、素材を売却しますね」

「うん、よろしくね」

「それじゃあ、アンディさん、お世話になりました。そろそろ出発しますね」

「そうかい？　また会える日を楽しみにしているから、いつでも王都に帰ってきてね」

アンディさんに別れを告げ、受付でもう一度ケイミーさんや顔見知りのギルド職員に挨拶をして、僕達は王都の街を出発する。

行き先は北東。まずは先ほど決めた通りケルムの街に向かうことにした。

いつも通り、街を少し離れたところでジュール達契約獣を呼び出す。
《お兄ちゃん、お出かけー？》
《兄様、今回はどこに行くの？》
《兄上、お仕事ですか？》
《わーい。お出かけ～》
《楽しみなの！》

フェンリルのジュールに飛天虎《ひてんこ》のフィート、サンダーホークのボルト、スカーレットキングレオのベクトル、そしてフォレストラットのマイルが、口々に楽しそうな声を上げる。

《で、お兄ちゃん、どこに行くの？》

「北東の方角にあるケルムっていう街に行こうと思っているんだ」

「「けるむぅ～♪」」

目的地はケルムなのは間違いない。間違いないのだが——

「だけど、まずはそうだな……北に行こう！」

「「あれぇ～？」」

《《《《《えぇー!?》》》》》

僕の言葉に子供達は驚きで目を見開く。

「僕達がこのまま、いつもと同じようにケルムの街に向かうと……一日もあれば着いちゃうだろう？」

《あ、そうか。早く着き過ぎちゃうのね》

「フィート、正解！」

僕が言わんとしたことにいち早く気がついたのは、みんなの姉的存在のフィートだった。

《早く着いちゃったら駄目なの？》

ジュールの言葉に、首を横に振る。

「駄目とまでは言わないけど、不思議がられるかな？　僕達がジュール達に乗って移動していることは言っていないからね」

馬車を使ったとしても、それなりに移動日数が掛かるはずだし、歩きとなればそれ以上だ。

「いっそのこと……バラしちゃうか？」

ジュール達のことは絶対に隠したいというわけではない。ただ、騒がれるだろうから秘密にしているだけだ。親しい人達にはみんなの存在は教えているので、今さらっていう感じもある。

まあ、ジュール、フィート、ベクトルの三匹には人前だと体を小さくしてもらっているので、子供だと思われているけど……そこはご愛嬌《あいきょう》ってことで。

《騒がれる……よね？》

「まあな。それは避《さ》けられないかな？」

うん、騒ぎは必至《ひっし》だと思っておこう。

《それで、アレンとエレナに危険が増えたりは……しない？》

「「うにゅ？」」

自分達の名前が呼ばれて不思議そうな顔をしている二人の頭を、ジュールとの会話の合間に撫《な》でた。

「まあ、煩《わずら》わしい人間が寄ってくる可能性はあるが、それはあくまでも可能性だ。公表してしまえば、ジュール達が常にアレンとエレナの側《そば》にいられるようになるから、その点は大丈夫だろう？」

デメリットだけじゃなく、メリットだってある。
《ん～……ボク、今のままでいいかな》
「……そうなのか？」
おや？　そのまま公表する方向で受け入れてくれると思ったんだけどな、意外とそうでもなかったようだ。ジュールは公表しないほうを選んだ。
《だって、騒がれるのは面倒だし、僕達のせいでアレンとエレナに少しでも害がある奴が近づいてくるのは嫌だしね》
少しでもアレンとエレナに及ぶ危険を排除したい気持ちは……わかるな～。
《このまま遠回りしながらあちこち行くのも楽しいし、小さい姿なら街の中でも一緒にいれるから問題ない。だから、今のままでいい》
ジュールの言葉にフィート、ボルト、ベクトル、マイルが頷く。
《そうね。兄様、それが私達の総意で大丈夫よ》
《はいです》
《うん！》
《はいなの！》
本当にうちの子達は良い子である。
「そうか、ありがとう。人のいないところではこれまで通り呼ぶし、今まで以上にみんなのお願いも聞くから遠慮するんじゃないぞ」
《やったー！　じゃあ、早速！　お兄ちゃん、北に向かうなら、前に行った迷宮に行こう！》
「前に行った迷宮？」
《あれだよ。うねった木の根元が入口になっている上級の迷宮！》
《えっとね……兄様、『連理《れんり》の迷宮』のことじゃないかしら？》
「ああ、あそこのことか～。って、『連理の迷宮』!?」
《そう、それ！　そこに行こう！》
「「おぉ～」」
「えぇ!?」
ジュールが早速、お願い事というか、行きたいところを告げてくる。それにアレンとエレナも同意するように声を上げた。
それにしても『連理の迷宮』って……方角的には凄く合っているが……国を出ちゃっているよ！
ちょっと寄り道、で済まないよね!?
《えっと、確か……二、三日もあれば着くよね？》
……行くだけなら〝ちょっと寄り道〟で済むのか。現地に行くだけなら。
「ケルムの街に行くことは決まっているんだから、さすがに上級迷宮の攻略に繰り出すには時間が足りないんじゃないかな」

《そうかな〜？》
「うーん、一週間。六日で迷宮を出るって言ったら、みんなは攻略途中でもそこで止められるかい？　ただ、魔物を倒したり薬草を採取したりしたいだけなら、ここら辺の山とか森を巡ったっていいんじゃないかな〜と僕は思うよ」
上級迷宮はとにかく広大で、一階層を攻略するのに、急いでも一日は要した。下層に行くほどさらに時間が掛かるだろうから、進めても五階層がせいぜいかな？
まあ、植物系の素材が手に入りやすいところなので、実りがあるのは確実だ。だから、本当に行きたいのであれば反対はしないけど……。
《わ〜、それは悩む〜》
《私はどちらでもいいわ》
《ぼくも兄上の判断に任せます》
《オレは遊べるならどこでもいい！》
《わたしもどっちでもいいの》
ジュールだけが悩み中で、他の四匹はどこでも良い、ね。
「アレンとエレナはどうしたい？」
「「ん〜……――あっ！」」
「ん？　決まったのか？」

「とりさん！」
「あいさつ、いく！」
「んん？」
てっきり迷宮に行くか森で遊ぶか、その二択で悩んでいるのかと思ったが、アレンとエレナが出した答えは全く違うものだった。
《鳥さん？　鳥さんって、ボルトのこと？》
二人の言葉を聞いて、ジュールがボルトのことを見つめる。
《ぼくですか!?》
鳥といえばボルトだが、それは違うだろう。
《あら、違うわよ。きっとバトルイーグル達のことでしょう？》
「「そう！」」
《ああ、なるほど～》
そういえば、バトルイーグル達にはまた遊びに来いと言われていたっけか～。
《鳥～、鳥～……焼き鳥？》
《ベクトル、駄目なの！　バトルイーグルは食べないの！》
《残念～》
ベクトルとマイルのやりとりに若干引っ掛かりは感じるが、ジュールは反対する様子はなさそうだな。

「ジュールがいいなら、バトルイーグル達に会いに行くか？」

《うん、ボクもそれでいいよ！》

「よし！　じゃあ、決まりだな」

「「わ～い！」」

僕達はまずバトルイーグルの谷に行くことにした。


というわけで、やって来ましたバトルイーグルの谷。

『ピュル、ピュルー』

谷に到着すると、一匹のバトルイーグルがすぐさま僕達のところに飛んできた。

たぶん、以前僕達に助けを求めてきた雛鳥《ひなどり》の親で、ここのバトルイーグル達のボス的存在である個体だろう。はっきりと見分けがつくわけではないので、たぶんだが……。

《兄上、『久しぶりだな。よく来たな』って言っています》

「こんにちは。お言葉に甘えて、本当に遊びに来てしまいました」

『ピュルル、ピュル』

《『おう、気にすんな。ゆっくりしていけ』ですね》

……やはり、ボルトが訳すと違和感を覚える話し方だな。

「ありがとうございます。お子さんもお元気ですか？　姿が見当たらないようですけれど……」

岩壁の上のほうにある巣を見ても、あの時に助けを求めてきた雛鳥《ひなどり》の姿は見当たらない。

見えるのは、生まれたばかりのような雛鳥《ひなどり》達ばかりなのだ。

『ピュルッピュー』

《『うちの坊主か？　あそこだ、あそこ』……あ、兄上、あれですね》

親鳥とボルトが示す方向を見れば、数匹のバトルイーグル達が帰ってくるのが見えた。

『ぴゅい！』

《兄上、先頭を飛んでいる子が、あの時の雛鳥《ひなどり》っぽいですね～。『お兄ちゃんだ～』と叫びながらこっちに向かってきています》

「うわっ！　あの子が？」

「「おぉー！　おっきくなった～」」

雛鳥《ひなどり》はすっかり大きくなり、自らの羽で飛んで帰って来た。

『ぴゅい～』

雛鳥《ひなどり》……というわけではないが、便宜上《べんぎじょう》、雛鳥《ひなどり》と呼んでいいか。雛鳥《ひなどり》は僕達のところに到着すると、ボルトの乗っていない方の肩に止まる。

「すっかり大きくなったな～」

『ぴゅい、ぴゅい』

鳴き声はまだ高く可愛らしいが、羽が生え変わって体つきがシャープになっている。
「元気そうで安心したよ。今は散歩にでも行っていたのか？」
『ぴゅい、ぴゅい』
「違うのか？　じゃあ、ご飯か？」
『ぴゅい！』
僕の言葉に雛鳥《ひなどり》は身振りで反応してくれるので、とてもわかりやすい。
《兄上、凄いです。ちゃんと会話になっていますよ！》
「「すごーい！」」
《お兄ちゃん、やるね～》
《さすが兄様ね》
《兄ちゃん、やる～。オレ、全然わかんない！》
《凄いの！》
「……偶然だからな」
何となく言っていそうなことを予想して対応しているだけで、決して会話をしているわけではない。
「「ねぇ、ねぇ、おにーちゃん」」
「どうした？」

「はねがね～」

「いっぱいあるの～」

「あ～……確かにいっぱいあるな～」

「「ひろっていい？」」

アレンとエレナはバトルイーグル達の羽根が素材として使えることをしっかりと覚えていたようだ。

以前ここに来た時に、落ちていた羽根のほとんどを拾って帰ったが、またかなりの羽根が落ちているので、集めたくてそわそわしている。今回は素材集めに来たわけじゃないんだけどな～。

『ピュル？　ピュルルルー』

《兄上、『羽根？　そんなもの拾ってどうするんだ？』って聞いていますけど、人間が道具として使うって説明すればいいですか？》

「あ～、そうだな。ボルト、お願いできるか？」

《はい、任せてください》

親鳥は羽根を拾いたいという子供達の様子に不思議そうに首を傾げている。

《兄上、バトルイーグル達は抜け落ちた羽根を使うことはないので、存分に拾っていいとのことです》

「「わーい！　ひろってくるー」」

ボルトの言葉を聞くや否や、アレンとエレナは大喜びで羽根を拾いに駆け出した。
「バトルイーグルの羽根採取の依頼を受けているわけじゃないんだけどな～」
《いいんじゃない？　あるに越したことはないしね～。じゃあ、ボクも拾いに行ってくる～》
《ん～、オレも行ってくる～》
《あ、待ってなの！　わたしも行くの！》
アレンとエレナの後を追いかけて、ジュールとベクトル、マイルも駆けていく。
《兄様、前に拾った羽根はどのくらい残っているの？》
「ん？　あの時の羽根か？　あれはあるだけ欲しいって言われたから、全部ギルドに出したな～」
《そうなの？　じゃあ、やっぱりたくさん拾いましょう。兄様なら荷物になる心配はないもの。私も行ってくるわね》
そう言い残して、フィートも行ってしまった。
僕もそうだが、うちの子達全員、収集癖《しゅうしゅうへき》がありそうだ。
「ボルトには通訳を頼みたいから、残ってくれると嬉しいな」
《はい、ぼくは兄上と一緒にいます！》
とりあえず、ボルトまで羽根拾いに行かないようにお願いすると、ボルトは僕の顔に体を擦りつけてくる。
『ぴゅい』

すると何故か、雛鳥《ひなどり》もボルトに倣《なら》うように体を擦りつけてきた。

『ピィ』

『ぴゅい』

『ピイイ』

『ぴゅいぴゅい』

ボルトと雛鳥《ひなどり》は僕を挟んで会話？　いや、鳴き声が少し鋭い気がするので喧嘩《けんか》かな？　とにかく、言い合いを始めてしまった。

いつも控えめなボルトには珍しい行動で驚きもあるが……とりあえず、僕の耳元でやり合うのは止めて欲しい。

「何だ？　どうしたんだ、ボルト？」

《兄上はぼくの、ぼく達の兄上です》

ボルトがよくわからないことを言うので、首を傾げてしまう。

「ん？　まあ、そうだな。アレンとエレナも含め、ボルト達みんなの兄だな。それがどうしたんだ？」

《その子が……》

「その子？　この雛鳥《ひなどり》が？」

《兄上を取ろうとするんです～》

「んん？」

取る？　物理的に取るっていう意味じゃないよね？

「ボルト、ごめん。ちょっと意味がわからないんだけど……」

《その子が『兄上をちょうだい』って言うんですぅ～》

「えぇー!?」

予想外な言葉に僕は驚きの声しか出なかった。

……それにしても、バトルイーグルよりサンダーホークのほうが格上の存在だ。それなのに雛鳥《ひなどり》がボルトに向かって強気に出るなんて意外だな。

そして何よりも、僕にどうしろと言うんだろうな～。

「「だめなのー!!」」

僕が何かを告げる前に、羽根拾いに行っていたアレンとエレナが、勢いよく戻ってきて僕に抱き着いた。

「おにーちゃんはアレンの！」

「おにーちゃんはエレナの！」

どうやら、ボルトとの会話が聞こえていたらしい。あ、ジュール達も戻ってきていた。

『ぴゅい！』

「「だめー」」

『ぴゅい、ぴゅい！』

「「だめったら、だめー！」」

アレンとエレナはボルトの通訳なしで、雛鳥《ひなどり》と言い争っている。

これはどうするべきなんだろうな～。仲裁《ちゅうさい》しようにも掛ける言葉が思いつかない。

『ピュルルルー』

『……ぴぃ』

その時、親鳥が今までで一番大きな声で鳴いた。

するとすぐに、雛鳥《ひなどり》がしょんぼりと項垂《うなだ》れながら僕の肩から降りて親鳥の側《そば》へ行った。

《親鳥が『我儘《わがまま》を言うんじゃない』って、言い聞かせていますね。良かったです～》

どうやら雛鳥《ひなどり》は説教をされているらしいので、不安そうな顔をしてまだ足元にしがみついているアレンとエレナを抱き上げる。

最近また少し大きくなったな～。今はまだ大丈夫だが、もうちょっとしたら二人を同時に抱き上げるのが難しくなりそうだ。

「いなくなっちゃ」

「いや～」

「いやいや、いなくならないよ？」

アレンとエレナは僕がいなくなると勘違いして不安になったらしい。僕は〝くれ〟と言われてあげられるようなものじゃないんだけどな～。

「「ほんとう？」」

「本当だよ。大丈夫、まだまだアレンとエレナと一緒にいるよ。もちろん、ジュール、フィート、ボルト、ベクトル、マイルもな！」

《うん！　ボク、一緒にいる！》

《もちろん、私もよ！》

《ぼくもです！》

『がるーん』

《わたしもなの！》

僕の言葉にジュール達も続く。

「「えへへ～」」

「みんな」

「いっしょ～」

僕やジュール達の言葉を聞いて、やっとアレンとエレナに笑顔が戻った。

「そういえば、羽根の採集は終わったのかな？」

《それがまだちょっとしか集まってないんだよね～》

《でも、アレンちゃんとエレナちゃんがその様子だし、もう無理ね。私が一気に集めちゃうわね》
僕に抱き着いたままのアレンとエレナの様子を見てそう判断したフィートは、風魔法を使って落ちている羽根を一か所に掻《か》き集めた。
《これでよし！　兄様、とりあえずこのまま収納しておいて、時間がある時に綺麗な羽根を選別しましょう？》
「ははは。フィート、ありがとう」
僕は言われるままに、フィートが集めた羽根を《無限収納《インベントリ》》に入れた。
それにしても、フィートって器用だよな～。羽根だけをピンポイントで魔法で集めるなんて、僕には真似できないわ。
『ピュルー』
そうしたところで、『うちの坊主がすまんかったな。まだまだ相手の力量を計れないヒヨッコだったようだ』と親鳥が雛鳥《ひなどり》を小突きながら謝罪の言葉を伝えてきた。
《兄上、お詫《わ》びに渡したいものがあるそうです》
「お詫び？　――えっと……そんな必要はないですよ？」
《それがですね『〝詫び〟と言っちゃいるが、前来た時に渡し忘れたものなんだ。引き取ってくれると嬉しい』と言っているんです》
「そうなんですか？　じゃあ、とりあえず見せてもらってもいいですか？」

『ピュルー』
《あっちにあるそうです》
親鳥に案内された場所は、巣がある谷から少し離れたところだった。
「これは……魔石？」
小さめのものが多いが、そこにはいろんな属性の魔石が山になっていた。
『人間は羽根を使うくらいだ、魔石も使うだろう？』と親鳥は言う。
「確かに使いますけど……」
魔石は魔道具を作るのには欠かせないものなので、いくらあっても困ることはないし、間違いなく売れる。
《わ～、いっぱいあるね～》
「「いっぱーい！」」
《本当なの！　凄いの！》
《風と土の魔石が八割、その他の魔石で二割ってところかしら？》
《ですね。兄上、これらはバトルイーグル達が食事として食べた魔物のものらしいです。皮とか骨はほとんど朽《く》ちてしまって残っていないそうですけど》
《お兄ちゃん、ちょっとだけ皮と骨があるね！　これは最近のかな？》
捕食した魔物の魔石の山か～。バトルイーグル達は集団で暮らしているし、食事の度にそれなりの魔石が集まるんだろうな。

「でも、これは光るものが好きで集めていたものなんじゃないのか？　鳥って光るものが好きだって聞くぞ？」

《はい。ぼくもですし、バトルイーグル達もそうですね。だけど、魔石は別です》

「魔石は別？」

《はい、魔石には他の種族の魔力が宿っているので、巣にあると不愉快になりますから》

「ああ、そうか。なるほど」

確かに魔石には魔力が宿っている。野生の魔物だったら、他の種族の魔物の気配が側《そば》にあったら落ち着かないだろうな〜。

だから、巣から離れたこの場所に魔石が山積みになっているのか。

ボルトの言葉が正解だったのだろう、親鳥はしきりに頷いている。

「そういうことなら、この魔石はありがたくいただきますね」

『ピュルル』

「代わりと言ってはなんですが、食事をご馳走しますよ」

『ピュルッピュー！』

『ぴゅいぴゅい！』

《ご飯〜♪》

魔石の代金ではないが、食事を提供することを提案すると、バトルイーグル親子は目に見えて喜んでいた。

何故かベクトルも便乗するように喜んでいるけどな～。

「さて、何にするかな？」

バトルイーグル達の巣に戻ると、僕は早速メニューを考える。

《肉ー！》

メニューについては誰かに尋ねたわけではなく僕の独り言だったのだが、ベクトルが勢いよく答えた。それに同意するようにバトルイーグル親子も頷いている。

さすがは猛禽類《もうきんるい》。好物は肉なのだろう。

「わかった、わかった。肉料理だな。それじゃあ、やっぱりステーキかな？」

『がるーん♪』

『ピュルルー』

『ぴゅいー』

どうやら、ステーキで問題ないようだ。僕は楽なんだけど、楽過ぎる気もする。

まあ、凝《こ》った料理よりは〝肉〟っていう感じのものがいいのかもな。

「じゃあ、どんどん焼いていくか～」

「「てつだう～」」

「アレン、エレナ、ありがとう。じゃあ、焼けた肉を配ってくれるか？」

「「うん！」」

肉だけじゃなく野菜もいろいろと焼いたので、またバーベキューパーティのようになり、どんちゃん騒ぎになった。

賑《にぎ》やかなパーティは子供達が寝ても終わらず、夜が明けても続いたのだった。


「ふぁ～……」

結局、徹夜してしまった。

シルの眷属となった僕は、睡眠を取らなくても特に問題ない体になっているらしいが、基本的に毎日睡眠時間を取っている。なので、体調的に問題なくても、眠いものは眠い。

《お兄ちゃん、大丈夫？》

「ん？　問題ないぞ。ジュールはどうなんだ？　ほとんど寝ていないだろう？」

ベクトルはお腹がいっぱいになると早々に寝ていたし、フィートはアレンとエレナのクッションになり、ボルトとマイルと一緒に子供達を寝かしつけてくれた。

そんな中、ジュールだけは僕と一緒にバトルイーグル達に付き合って起きていてくれたのだ。

《ボク？　ボクは大丈夫だよ。もう二、三日このまま続いても問題ないよ！》

「いや～……あと二、三日続くのは勘弁してほしい」

《ははは～。お兄ちゃん、ただの言葉のあやだよ。そんなに嫌そうな顔をしないでよ》

「それはわかっているけど……考えただけで疲れる」

体力は大丈夫でも、気力は間違いなく消耗する。

《バトルイーグル達、一晩中はしゃいでいたもんね～。楽しかったけど、あのテンションは凄かったな～》

はしゃぎ疲れたのか、大半のバトルイーグル達は寝落ちしそうになっている。

ジュールと話していると、そこに眠そうにしている親鳥が飛んできた。

『ピュルッピュー』

「お疲れ様です。僕達、子供達が起きたら出発しますけど、周囲への警戒は大丈夫ですか？」

フィート達はもう起きているし、子供達もまもなく起きるだろう。なので、出発することを伝えると、親鳥は大丈夫だと言わんばかりに胸を張った。

と、そこでボルトが起きてきて、すぐに通訳をしてくれる。

《兄上、おはようございます。見張り番がちゃんといるから大丈夫みたいです》

「そうなのか？　さすがにそこら辺に抜かりはないか」

《はい、彼らは野生の魔物ですからね》

大半が寝落ちしそうに見えたが、そうじゃない者もいたようだ。

「「……うにゅ～」」

「アレン、エレナ、起きた？　みんなが寝てしまう前に、お別れの挨拶をしておこう」

目を擦りながら僕のほうへやって来たアレンとエレナは、〝お別れの挨拶〟という言葉を聞いた瞬間、はっとした表情になる。

「またねー」

「あそびにくるー」

『ピュルル』

挨拶を済まして準備を終わらせると、僕達はバトルイーグルの巣を後にしたのだった。

閑話　贈りもの

「あ～、どうしよう～」

僕、風神シルフィリールは今、とっても悩んでいる。

「シルフィリール？　そんなに悩んでどうしたの？　また何か失敗でもしたのかしら？」

その時、創造神であるマリアノーラ様が突然訪ねてこられた。しかも、微妙な憶測《おくそく》つきで。

「マ、マリアノーラ様!?　いつの間にこちらに？　というか、僕はそんな頻繁に失敗はしませんよ!?」

「ふふっ。わかっているわよ。たまによね、たまに」

「はい、たまにです！　って、それも違いますよ!?」

ごくたまにです！　って、自分で言って哀《かな》しくなってくる。

「それで、何を悩んでいたの？」

えっ!?　唐突に話が戻るんですね。……まあ、いいですけど～。

「えっと……実は先日、子供達――アレンとエレナが誕生日を迎えたんです。それで、僕からも何かお祝いを送ろうと思ったんですけど、なかなか良いものが思い浮かばなくて」

「あら？　子供達の誕生日？　お祝い？　ああ、そういえば、人は生まれた日にお祝いするんだったわね～。身近なことじゃないからすっかり忘れていたわ～。……そうね、それなら私が用意してあげるわ！」

「え⁉　マリアノーラ様がですか？」

「そうよ～。任せておいてちょうだい」

マリアノーラ様は自信満々、といった風に胸を張っていた。

「えっと……では、お願いしてもよろしいですか？」

「わかったわ！　じゃあ、早速用意してくるわね！」

ここで断るわけにはいかないので素直にお願いすると、マリアノーラ様は張り切った様子で帰っていった。

「あれ？　そういえば、マリアノーラ様ってもともと何の用事でいらしたんだろう？　確認しに行ったほうがいいかな？　ねえ、ヴィント、どう思う？」

すぐ横にいた眷属長のヴィントに尋ねるが、首を傾げられてしまう。

「……わかりかねます」

だよね、僕もわからない。ん～、すぐに確認したほうがいいかな？　でも、たまたまふらっと来ただけって可能性もあるんだよね～。

「僕から用件ができた時にでも尋ねてみればいいか。でさ、贈りもののほうは本当にお願いしちゃっていいのかな？」

「シルフィリール様もご用意なされればよいのでは？」

「あ、それもそうか～」

そうなると、やっぱり最初の悩みに戻ってしまうんだけどね～。

「何にしよう？　ねぇ、ヴィント、何か案はない？」

「……魔道具や魔法薬を差し上げるのはいかがでしょうか」

「魔道具と魔法薬？」

「ええ、水神様の眷属長から差し押さえ……もとい、いただいた品がいくつかありましたでしょう？」

「おぉ、あれだ！　人魚族に勝手に神託《しんたく》を出して、巧さんを働かせた時の！」

「そうです。あの時にそれなりに良い品を確保しましたが、まだ渡されていませんよね？」

「そうだった、そうだった！」

すっかり忘れていたよ！　ヴィントに頼んで良さ気《げ》なものを貰っておいたんだった！

さすが、ヴィント！　これで悩みは解決だ！

あとはいつ渡すかだけど……それはマリアノーラ様が用意するものを確認してからのほうがいいかな？

◇　◇　◇

「あ！　巧さんからだ！」

あれから数日後、巧さんが忘れずにアイスクリームを送ってくれた！

前回食べたチョコレートアイスは濃いめの茶色だったが、今回は白、ピンク、薄い茶色。えっと……ミルク味、イーチ味、ミルクティー味か！

今回は三種類もだ！　頑張って直接お願いした甲斐があったよ～。

「どれも美味しそうだな～」

すぐに食べたいし、早くみんなを呼ばないと！

ということで使いを出すと、マリアノーラ様、火神であるサラマンティール、土神であるノームードルがすぐに集まった。

「まあ！　シルフィリール、それはもしかしてアイスクリームかしら？」

「アイスクリーム？　って、あれか！　冷たくて甘いやつ！」

「今回は三種類ですか？　嬉しいですね」

「はい、巧さんが送ってくれましたよ。味はミルク、イーチ、ミルクティーみたいです」

三人ともアイスクリームを見た途端、とても嬉しそうな表情になる。

「どれも美味しそうね。ああ、コーンがあればもっと良かったのにぃ～。でも、三段アイスクリームには挑戦できるわね～」

コーン？　三段？　それは何でしょうかね？

「あ、そういえば、ちょうど贈りものの用意ができたところだったのよね～」

「え、本当ですか？」

「ほら、これよ！」

マリアノーラ様が自信満々に披露《ひろう》してくれたものは、大量のモウのミルクとコッコの卵だった。

「これ……ですか？」

「ええ！　ミルクと卵は使うことが多いみたいだから、なくなると大変でしょう？　食べる前に送ってしまいましょう！」

「……え？」

止める間もなく、マリアノーラ様は巧さんの《無限収納《インベントリ》》にミルクと卵を送ってしまいました。

これって、暗にもっとアイスクリームが食べたいって要求している感じになるんじゃ……。

「さ、シル、溶けてしまわないうちに食べましょう」

贈りものを送ったマリアノーラ様は満足そうにした後、早く食べようと急かしてきます。

「シルフィリール、早く食べるぞ」

「そうですね。あまり焦《じ》らさないでください」

「はいはーい。今、器に盛ってもらいます」

サラマンティールとノームードルも急かしてくるので、僕はヴィントにアイスクリームを分けるようにお願いする。

それにしても、マリアノーラ様の用意してくれたミルクと卵は、使えるものかもしれませんが……贈りものって感じじゃないですよね？

ヴィントの言う通り、僕も贈りものを用意していて本当に良かったよ～。

多少、遅くなってしまうかもしれないが、僕は巧さんが神殿に来てくれた時に直接贈りものを渡すことにしよう。うん、そうしよう。

「お待たせしました」

あ、アイスクリームが来た♪　さあ、いただきましょう！

「「「美味しい！」」」

はぁ～。ミルク味もイーチ味もミルクティー味も……どれも美味しい～。

巧さんってやっぱり凄いな～。

第三章　湖で遊ぼう。

「「うみー！」」

「海じゃないな。ここは湖だよ」

「みずうみー？」

「うみじゃない？」

バトルイーグル達の巣を出発した僕達は、ケルムの街の方向に少しずつ移動しながら山の中をうろうろしていた最中、大きな湖を発見した。

かなり大きな湖なので、アレンとエレナは海と勘違いしたようだ。

「そう、湖。水はしょっぱくない、ただの水だよ」

「「のんでいいー？」」

「う〜ん、綺麗だから大丈夫だな」

この湖の水はかなり透き通っている。底まで見えるのではないかと思うほどだが、なかなか深い湖のようで、さすがに底までは見えなかった。

とはいえ水質については一応、【鑑定】もしたので大丈夫だろう。

「「わーい！」」
《アレン、エレナ、待って～。ボクも行くよ！》
《オレも行くー！》
アレンとエレナが湖まで駆けて近づいて行き、そこで手で水を汲《く》んで飲む。ジュールとベクトルもついていって、口をつけていた。
「つめたくて」
「おいしい！」
《本当だ！　この水、美味しいよ！》
《うん、美味しい！》
「へぇ～、そんなに美味しいのか。じゃあ、僕も飲んでみるかな」
子供達が絶賛するので、僕も飲んでみることにする。
「おっ、確かに美味《うま》いな」
普通に美味しい水だ。ほのかに甘みを感じるしな。だが――
「ん～……？」
《兄様、どうかしたの？》
僕が水を飲んで首を傾げているのに気づいたのだろう。フィートが近づいてきて尋ねる。
「いや、この水がさ……少しシュワシュワしている気がする？」

《シュワシュワ？　兄様、ちょっと待ってね。私も飲んでみるわ。――あら、本当ね。微《かす》かに感じるわ》

《本当ですね。少しですけど、そう感じます》

《本当なの！　シュワシュワなの！》

ボルトとマイルも、フィートに追随するように水を飲む。

「やっぱりそうだよな～？」

なんか……ほんのり微炭酸って感じなんだよな。

「「ほんとうだ！」」

《《本当だ！》》

僕達の反応を見て、先に水を飲んでいた二人と二匹も確かめるようにもう一度水を飲むと、僕が言っていることがわかったのだろう。嬉しそうにはしゃぎ出した。

「「しゅわしゅわだ～」」

《何これ～、凄く不思議ぃ～》

《不思議だけど、オレ、もっと刺激の強いやつがいいな～》

「そうなんだよな～」

ベクトルの言う通り、これは残念ながら炭酸がほんのり過ぎて、ほとんど水なんだよ。

「もうちょっと炭酸の強いものなら文句なしなんだよ。それに果実水とかを混ぜたら絶対に美味しいと思うんだ」

「「のみたい！」」

《うん、それ絶対に美味しいと思う！》

「でも、残念。この水で作っても、ただ果実水が薄くなるだけだから無理かな～」

残念ながら、ほぼ水割りになってしまう。

《兄上、そのタンサン、でしたか？　それって、どこかから湧き出たものが湖の水で薄まったってことはありませんか？》

「おぉ！　それはあり得るな！」

「「さがすー！」」

ボルトの指摘に僕はハッとし、アレンとエレナがやる気を見せる。

とはいえ湖はそこそこ大きいので、もしどこかから炭酸水が湧き出ているとしても、見つけ出すのは簡単ではないだろう。

まあ、子供達もその気だし、時間もあることだしな……。

「そうだな、探してみるか？」

「「うん！」」

「じゃあ、ぐるっと湖を一周するか～」

「「《《《《はーい》》》》」」

ないならないで構わない。そんながっかりしない程度の期待感で、まずは湖の周りを確認しながら歩くことにした。

「「たんさん、たんさん♪」」

わくわくした様子で歩く子供達と一緒に、少し移動したところで湖を覗いて確認する。

そこそこ強い炭酸水であれば、気泡が出ているのが見ただけでわかると思うので、わざわざ飲んでみることはしない。

「「しゅわしゅわしてなーい」」

《だね～。でも、水草があるよ！　お兄ちゃん、これって薬草じゃなかった？》

「えっと……──お、そうだな。スイメイ草だって」

炭酸水は湧いていなかったが、ジュールがスイメイ草を見つけた。

【鑑定】してみると、スイメイ草は浄化作用があって、傷薬や消毒薬などに使われるもののようだ。

《じゃあ、使えるものだね。アレン、エレナ、採取しよ～》

「やくそう～」

「さいしゅ～」

もちろん、道中で薬草を見つければ採取を忘れない子供達である。

子供達が湖に手を突っ込むのを見ていると、フィートが声を掛けてくる。

《兄様、あっちの木にちょうど良い感じに熟しているリコの実が生《な》っているの。私とボルトで採っ

てくるから離れてもいいかしら？》
《わたしも行くの！》
《あら、そう？　じゃあ、私とボルトとマイルね。兄様、いいかしら？》
フィートはリコの実――地球で言うところのアセロラに似た果実を見つけたらしい。
「それは構わないけれど、僕達も一緒に行くよ？」
《兄様達は先に進んでいて。私達は採取したらすぐに追いかけるから》
「そうか、わかった。気をつけて行くんだよ」
《はーい。行ってきます》
《兄上、行ってきます》
《行って来るの！》
フィートに籠《かご》を渡すと、ボルト、マイルを連れてリコの実を採りに行く。
「じゃあ、僕達は進むか」
「「《《はーい》》」」
フィート達が離れるのを見届けてから、僕、アレン、エレナ、ジュール、ベクトルは再び湖に沿って歩き出すが――
「「あっ」」
アレンとエレナが再びスイメイ草を見つけて採取し始めた。

「この湖が綺麗なのはそのスイメイ草のお蔭《かげ》かもしれないから、あまり採りすぎないようにな」

「「はーい」」

言いつけを守って、二人はスイメイ草を根こそぎ取らないように気をつけながら採取する。

「「いっぱーい」」

「そうだな。結構採取できたから、スイメイ草はこのくらいにしておこうか」

「「わかったー」」

《あっ、シュイ草の群生地発見～。アレン、エレナ、行くよ～》

「「うん！」」

スイメイ草の採取を止めた途端、またジュールが違う薬草を見つけて、子供達と一緒に採取し始める。

そうこうしているうちにフィート、ボルト、マイルが帰ってきた。

「フィート、ボルト、マイル、お帰り」

《兄様、ただいま》

《兄上、ただいまです。いっぱい採れましたよ》

《ただいまなの！　頑張ったの！》

フィートが、リコの実がたっぷりと詰まった籠を渡してくる。

「いっぱいだな。それに、凄く美味しそうだ」

《でしょう。兄様、今度これでジャムを作って》
「うん、いいよ。じゃあ、そのジャムをフレンチトーストにたっぷりかけて食べるなんてどうだ？」
ジャムを甘酸っぱい感じに仕上げたら、甘いフレンチトーストに合うよな～、なんて思いながら提案してみると、三匹ともとても嬉しそうにした。
《とっても美味しそう。兄様、それでお願い》
《ぼくも食べたいです！》
《わたしもなの！》
「大丈夫。ちゃんとみんなの分を作るよ」
あまりにも嬉しそうなので、早めに作って食べさせてあげようと心に決めていると――
《ふふっ、それにしてもあまり進んでいなかったわね～》
フィートがちらりとアレンとエレナのほうを見て、くすくすと笑っていた。
「ああ、そうなんだよ。薬草を見つける度に立ち止まっていたからな～。――アレン、エレナ、もう終わるかい？　そろそろ行くよ～」
「「もうちょっと～」」
薬草があったら子供達は採取のために駆けて行くが、そこで足止めされるので、普通に歩くよりも進めていない。
《あらあら、かなり採取しているみたいだけど、まだ満足していないようね》

「……そうだな。まあ、もうちょっと待つか～」

さっき注意したばかりだからか、根こそぎ採取しているわけではなさそうだ。

それならそこまで時間もかからなそうだし、もう少し待つことにする。

《結構な群生地ですね。えっと……兄上、あれは何の薬草でしたっけ？》

ボルトが不思議そうに、アレンとエレナが採る薬草を見つめる。ベクトル以外、うちの契約獣達はわりと知識豊富だ。だからこうやってボルトに聞かれるのは珍しいな。

「あれはシュイ草だな。胃薬とかに使うんだよ」

《あれがシュイ草ですか。覚えておきます》

僕が教えると、ボルトは絶対に忘れないと言わんばかりにシュイ草を見つめながら《シュイ草、シュイ草……》と呟いていた。

「勉強熱心だな～。確かに僕達の生計の一部は薬草採取の報酬だけど、無理して頑張る必要はないぞ？」

《無理はしていません！　ぼくが覚えたいんです！》

「そうか。ボルト、ありがとう」

うちの子達はいつも役に立とうと頑張ってくれる。とてもいい子ばかりだ。

「「おわったー」」

《お兄ちゃん、終わったよー》

フィート、ボルト、マイルを撫でていると、やっとアレンとエレナ、ジュールの採取が終わったようで、二人はたっぷりとシュイ草を抱えて戻ってきた。

「いっぱい採ったな～。満足したか？」

「「うん、まんぞく～」」

晴れ晴れとした表情をする。

《兄ちゃん、見てみて～》

「ベクトル？　そういえば、何をしていたん……だ!?」

ベクトルに呼ばれたので姿を捜してみると、いつの間にかに僕達の側《そば》から離れていたようで、少し遠くから戻って来る姿が目に入った。

……大きなクマを咥《くわ》えて。

「えっ!?　タイラントベアー!?」

「「おっきい～」」

いやいや、この辺りに魔物の反応なんてなかったよね!?

タイラントベアーはかなり凶暴《きょうぼう》な真っ黒なクマの魔物だ。そんな凶暴な魔物が近づいてきたら、僕はともかく、子供達が絶対に反応するはずなんだけどな。

《わ～、全然気づかなかった～》

《そうねぇ。少なくとも、こちらを狙《ねら》う気配はなかったわ》

ジュールとフィートも気づいていなかったようだ。
《気配を消して、機を窺っていたんですかね？》
《狙われていたなら、やっぱりわたし達なら気づくの！》
マイルの言う通り、些細《ささい》な気配でも僕達の誰かが気づくだろう。
「ベクトル、そのタイラントベアーはどうしたんだ？」
どうやっても原因がわかりそうになかったので、素直にベクトルに尋ねてみた。
《あっちに倒れてたー》
「《《《《……》》》》」
僕とジュール、フィート、ボルト、マイルは思わず絶句してしまった。
よくわからなかったのか、アレンとエレナは首を傾げている。
「……倒れていたって、死んでいたってことか？　気絶とかでなく？」
《死んでたよ～》
タイラントベアーってCランクだよな？　それが死んでいたってことは、凄い問題のような気がするんだけど……。
「ここら辺にタイラントベアーよりも強い魔物がいるのか？」
《いや、待って！　おかしいよ！》
《本当ね。兄様、このタイラントベアー、無傷よ》

「あっ！」

確かに、この死骸に致命傷らしきものがない。それどころか、小さな傷すらないのだ。

「ベクトル、このタイラントベアーはどこにいたんだ？　ここから近い場所か？」

《ん？　すぐそこだよ。案内する？》

「ああ、頼む」

身体に死亡原因が見つからないので、倒れていた場所を調べてみることにした。

《ここだよ、ここ！》

ベクトルが案内してくれた場所は本当に湖のすぐ側で、なんの変哲《へんてつ》もない場所であった。

《特に変わったところは……ない、普通の森なの！》

マイルも周りを見渡して森の異変を探すが、特に何も見つけられないようだ。

青々と茂る木が点在していて、所々に草とキノコが生えている。土は少し湿っている感じがするが……特に問題はない程度だ。

「「きのこ～」」

「あっ！　アレン、エレナ、ちょっと待って！」

アレンとエレナがキノコを採ろうとするのを慌てて止める。

「これ、ベニカサダケだよ！」

「「んにゅ？」」

「毒キノコ。食べられないキノコだ。素手で触っちゃ駄目だよ」
「「はーい」」
僕の言葉に、子供達はおとなしく頷く。
《兄上、これはアカカサ茸じゃないんですか？》
「見た目がそっくりだから間違えやすいんだけど、これはベニカサダケ。カサの裏を比べればわかるよ。鮮やかな明るい赤色がアカカサ茸で、食べられるキノコ。濃い赤色をしているのがベニカサダケで、猛毒を持っているんだよ」
《へぇ～、そうやって見分けるんですね～》
カサの裏を見なくては判別しにくいので、ボルトがわからなくても当然だろう。僕は【鑑定】を使ったが、それ以外の手段では、生えている状態の二つのキノコを見分けるのは難しいはずだ。
《お兄ちゃん、こっちのキノコに齧《かじ》った痕《あと》がある！》
するとジュールが、ベニカサダケが食い散らかされている一画を発見した。
ということは、毒キノコの誤食がタイラントベアーの死亡原因か!?
《このキノコ、とっても刺激的な味なのね～》
「……そうだな～」
フィートの感想に僕は同意した。
タイラントベアーが誤食したことよりも、Cランクの魔物を絶命させるほどの毒を持つベニカサダケの脅威に驚いていた。

「……アレン、エレナ？　何をしているんだ？」

そこに、さらに驚くことが起きていた。

「きのこー」

「とってるー」

アレンとエレナがベニカサダケを集めていたのだ。

それも〝触ってはいけない〟というのをしっかりと守って、手頃な木の枝を器用に使って。

「食べられないぞ？」

「『つかえるっていったー』」

「使える？」

「『うん』」

僕が首を傾げるとアレンとエレナが頷く。

「まものたおす」

「くすりー」

「ああ～」

確かに話したことがあったな～。

前にキノコ狩りをした時、使い方次第で毒キノコでも使用できるってさ。えっと……確か、痺《しび》れ薬とか殺虫剤とかだったかな？

でもあの時、アレンとエレナは食べられるキノコを採っていたはずだが……しっかりと聞いていて、さらに覚えていたんだな～。

ただ、ベニカサダケは薬などには使えないんだよ。毒を作ることならできるけど。

威力は……タイラントベアーで実証されているから、かなり強力だな。

「……毒、使うことあるかな？」

《兄様、毒も必要になる時があるかもしれないわ！》

僕の小さな呟きを拾ったフィートが、フォロー（？）してくる。

毒か～。使わないほうがいいに決まっているけど……まあ、持っていてもいいか。

《兄ちゃん、兄ちゃん、このクマ、美味しいんだよね～。早く食べようよ！》

少しばかり考えを巡らせていると、陽気なベクトルの声が響いた。

無邪気に期待しているが、それは無理だと思う。

「……ベクトル、残念ながら毒キノコで死んだ個体の肉は食べられないと思うぞ？」

《えっ!?》

「だって、体中に毒が回っているだろうからな。危なくて食べられない」

《えぇ!?　そんな～》

ベクトルは情けない声を出しながら、地面にだら～んと伏せる。

《みんな、たくさん集めているのに、オレだけ役立たず～……》
「ん？」
お肉を食べられなかったことよりも、自分だけ採集したものがないほうがショックだったようだ。
《お肉は駄目だけど、毛皮は使えるんじゃないかしら？》
項垂《うなだ》れるベクトルに、フィートが落ち込む必要はないと声を掛ける。
《本当⁉》
「ああ、傷がないからな～。需要はあるんじゃないか？」
《おぉ！》
ベクトルがぴょんと起き上がり、目をキラキラさせる。
「あ、そういえば、ルーウェン家へのお土産、毛皮を持って行くって約束したな。これ、敷物にいいんじゃないか？」
僕の言葉にベクトルはさらに目を輝かせた。
「「おみやげ！」」
《それいいね！　お土産にしよう！》
《私もいいと思うわ》
《ぼくも賛成です》
《真っ黒で格好良い敷物になると思うの！》

《やった！　オレの持ってきたものがお土産になった！》
満場一致。このタイラントベアーは敷物にして、ルーウェン家へのお土産の一つにすることになった。

◇◇◇

《お兄ちゃん、何か食べたいな～》

「おやつか？　いや、ちょっと早いお昼ご飯かな？　まあ、どっちでもいいか。何か食べたいものはあるかい？」

湖の側に戻って炭酸水探しを再開しようと思ったところで、ジュールが空腹を訴えてきた。

先ほどフィート達と約束したフレンチトーストでもいいかと思ったが、ジャムから作らないといけないので、とりあえずそれは置いておくか。

《ん～、何がいいかな～》

「アレン、おもちがいい！」

「エレナもおもちたべるー！」

ジュールに聞いたのだが、リクエストはアレンとエレナから返ってきた。

《おもちー？　何それ～》

「「おいしいの！」」
アレンとエレナが満面の笑みで言うと、ジュール達みんなが興味を持ったようだ。
《え、そんなに美味しいの？　それならボクも食べてみたい！》
《そうね。兄様、私もおもちを食べてみたいわ～》
《兄上、ぼくも食べたいです》
《オレも食べる！》
《わたしも食べたいの！》
みんな目を輝かせているけど、おモチか～。ジャム作りから始めたフレンチトーストよりも時間が掛かりそうなメニューだけど――
「モチは腹持ちが良かったはずだからちょっと早めのお昼ご飯にちょうどいいかな？　でも、作り置きがないからモチを作るところから始めないといけないよ？」
「うす、つかう～」
「きね、つかう～」
多少時間が掛かっても問題ないようだ。アレンとエレナは王都で作ってもらってからまだ出番のない臼と杵を使おうと言う。
「そうだな。せっかく作ってもらったんだし、使ってみるか」
「「うん！」」

というわけで、僕はすぐに赤麦の準備を始める。以前と同じように吸水は《エイジング》で時間短縮して、シルに貰った炊飯器を使うことしばし、あっという間に炊き上がった。

「「たけたー！」」

「炊けたね」

《何なに？　おもちができたの？》

「残念、まだだよ。ちょっと待ってな」

僕はまず、炊いた赤麦を臼に入れて杵で潰す。

ある程度潰れたら、杵を振り下ろしてモチをつく見本を見せる。

「こうやって――ペッタン、ペッタンって……どう？　できそう？」

「「できるー！」」

「まずはアレンからやってみるか」

「うん！」

子供達が使えるように小さめの杵を作ってもらったので、二人にも早速やらせてみる。

「ぺったん♪　ぺったん♪」

「アレン、上手、上手！」

「ほんと？」

「本当だよ。でも、これで十回目。アレン、エレナと交代な」

「はーい」

とりあえず、アレンが十回モチをついたのでエレナと交代させる。二人が入れ替わっている間に、僕は臼に入っているモチを返してまとめた。

「さ、エレナ、いいよ」

「うん！　エレナもやる！　――ぺったん♪　ぺったん♪」

「エレナも上手だ！」

「わーい。エレナ、じょーず！」

エレナも十回ついたらもう一度アレンに交代。

「エレナ、アレンとこうたーい」

「はーい」

「ぺったん♪　ぺったん♪」

二度目になると慣れたのか、アレンの杵を振り下ろすスピードが速くなっている。

「アレンすごーい！」

「お～、高速モチつきだな……――あっ！」

「「あっ！」」

アレンが杵を振り上げた瞬間、モチが飛んだ。

どうやら杵にモチがくっついてしまっていたようだ。

モチが弧を描いて飛んでいく様子が目に入るが、まったく体は動かず、視線だけでモチの行方を追うと――

《はむっ》

《《《あ～》》》

見事にベクトルがキャッチした。

『が、るん……が』

「ベクトル、念話、念話。何が言いたいのかわからないからな」

ベクトルが何かを言おうとしているようだが、モチを咥えているのであまり口を動かせない。というか、そうでなくても鳴き声ではそもそも理解できない。

《あ、そうだった！　兄ちゃん、これどうしたらいい？》

「……あ、うん、嫌じゃないならそれはもうベクトルが食べちゃってくれ」

《いいの？　食べる、食べる！》

「ああ、だけど丸呑《まるの》みはやめなさい。ほら、これを使って」

小さくなっていたベクトルの口には、あのサイズのモチは大きすぎる。地面に皿を置いてゆっくり食べるように言うと、ベクトルは早速食べ始めた。

《ベクトルったら、凄く素早かったわね～》

《はい、見事なキャッチでしたね～》

《ボクでも食欲に関してはベクトルに負けるわ～》

《なの！　一番食い意地が張っているの！》

モチを食べるベクトルを見て、フィートとボルトが素直な感想を漏らし、ジュールとマイルが呆れた様子を見せていた。

《モチって、ちょっと甘いけどあまり味はないんだね～》

「まあ、味付けはこれからだったからな～」

「「あぅ～～～」」

僕が苦笑する一方で、アレンとエレナがもの凄くショックを受けていたので慰《なぐさ》める。

「さすがにあれをアレンとエレナが食べるわけにはいかないよ。ほら、もう一個の炊飯器で炊いている赤麦が炊けたから、もう一度作ればいいだろう？　な？」

実は、みんなで食べるにはちょっと少ないかな～と思ったので、ソルお爺さんに作ってもらった炊飯器でも赤麦を炊いていた。炊き上がるのに時間差があるので、今まさに炊き上がったところだ。

「それともおモチは止めて、違うご飯を作るかい？」

「「だめ～、やる～」」

モチつき自体を止めるか聞いてみると、アレンとエレナは必死に首を横に振る。

「じゃあ、頑張るか」

「「うん」」

そして、再び始めたモチつきでは、今度は二人とも……特にアレンが慎重に杵を振り上げながらモチをついていた。
「「できたー！」」
「できたな。じゃあ、ひと口サイズに千切《ちぎ》って丸めるよ～」
「「はーい」」
今回はお汁粉と、丸豆を炒《い》って粉にしたものに砂糖を混ぜて作った特製きな粉モチにしてみた。
アレンとエレナが早速モチに齧《かじ》りつくと、〝みょーん〟と良い具合にモチが伸びた。それを見て、契約獣達も食べ始める。
「「おいしい～」」
《おもちって美味しいね～》
《本当に美味しいわ～。甘く煮た赤豆ってパンにも合うけど、おもちでも合うのね～》
《こっちの丸豆から作った『きな粉』っていうものも美味しいですよ》
《味のなかったさっきのとは全然違う！　これ、美味しい！》
《美味しいの！　わたしはどっちも好きなの！》
お汁粉もきな粉モチも大好評のようだ。
「あ、こういう食べ方もあったな」
僕はモチにショーユを塗《ぬ》って海苔《のり》を巻く。

《何それ！　それも美味しそう！》
「磯辺《いそべ》モチだよ。食べるかい？」
「「《《《《食べるー！》》》》」」
違う種類のモチが登場すると子供達はすぐに食いつき、できたモチはあらかじめ除《よ》けていたもの以外、全て平らげてしまった。
《《《《お腹いっぱーい！》》》》
「「いっぱーい！」」
みんなはお腹いっぱいになると、草原に寝っ転がる。
今日は暖かいので、みんなうとうととしていた。
《兄様、そういえば、おモチを除けていたのはどうするの？》
「ああ、あれはあげるやつだよ」
シルにたまに食べものを送るって言ったからな。せっかくだから、つきたてのおモチを送ろうと思い、食べ始める前にとっておいたのだ。
《あげる？》
「うん、シル――シルフィリール様にだよ」
《風神様！　うん、きっと喜ぶわ～》
《そうですね。喜びます》

フィートとボルトが嬉しそうな声を出す。

そういえば、フィートとボルトはシルが送ってきてくれたんだったな～。

《風神様だけ？　水神様は？》

《土神様にもあげたいの！》

《火神様も！》

ジュール、マイル、ベクトルも自分と縁のある神様の名前を挙げていく。

「送る相手はシルだけど、神様達みんなで食べると思うぞ。前もそうだったしな」

チョコレートはみんなで食べたって言っていたし、アイスクリームもリクエストだったそうだから、きっとみんなで食べていることだろう。

それを伝えれば、ジュール達は嬉しそうにする。

「……？」

あれ？　……みんな？

そういえば、シルは水神様だけ名前を上げていなかった……ような？

ん～、でもまあ、嬉しそうにするジュール達に水を差すような不確定な発言は止めておこう。

◇　◇　◇

少し休憩《きゅうけい》した後、僕達は炭酸水探しを再開する。

「「たんさん、たんさん♪」」

ちょっと脇道にそれ過ぎたこともあって、今度はなるべく中断しないように湖に沿って歩く。

と、そこで不意にベクトルが声を上げた。

《兄ちゃん、兄ちゃん、あれ着けてー。水に濡《ぬ》れない腕輪～》

「人魚の腕輪か？　それはいいけど、どうする気……いや、言わなくてもわかった。ベクトル、飛び込む気だな？」

基本的に濡れるのを嫌うベクトルが人魚の腕輪を着けてすることと言えば、それぐらいしか思いつかない。そう指摘すると、元気いっぱいな返事が戻ってくる。

《うん！》

「水が嫌いって言ってたのに、泳げるのか？」

《一応？　やらなきゃいけない時もあったから！》

自然界で暮らしていたら、嫌いでも泳ぐ場面があったのかな？

でもまあ、泳げるのなら止める必要もないか。

季節的にまだ少し肌寒いような気がするが、それこそ濡れないので問題ない。

「わかった。じゃあ、前足を出して」

《やったー》

僕が《無限収納《インベントリ》》から人魚の腕輪を取り出して、ベクトルの足に着けようとした時、僕達の横をすり抜けて走っていく姿があった。

「「とぉー！」」

「……あ」

《あー!!》

人魚の腕輪を自分達で持っていたアレンとエレナが、先に自分で身に着けて飛び込んだのだ。

ベクトルの悲痛な叫びが響く。

《先を越された〜〜〜》

《アレン、エレナ、ずるいよ〜》

「「えへへ〜」」

アレンとエレナは、してやったり、と笑う。

「ほら、ベクトル、行ってこい」

《うん！》

腕輪を着け終わって頭を撫でてやると、ベクトルは大きく頷いてから湖に飛び込んでいった。

「みんなはどうする？」

残っているジュール達にも湖の中に入りたいか尋ねると、泳ぎに不向きなボルト以外が前足を差し出してきたので、ジュール、フィート、マイルの足にも人魚の腕輪を着ける。

《じゃあ、行ってくるね～》
《兄様、ちょっと行ってくるわね》
《行ってくるの！》
「はい、いってらっしゃい。でも、魔物がいるかもしれないから気は抜くなよ～」
《《《はーい》》》
三匹も湖に飛び込み、先に泳いでいる子供達のところに向かっていく。
「ボルトだけお留守番でごめんな～」
《ぼくは気にしていません。むしろ、兄上を独り占めできて嬉しいですから》
ボルトは僕の肩に止まって体を擦りつけ、可愛いことを言ってくれる。
「そうか。僕はこのまま湖の縁《ふち》を歩くから、ボルトは一緒に行こうか」
《はい、お供します！》
僕はボルトを連れてゆったりと歩き出す。
そのまま湖の周りを四分の三くらい進んだものの、炭酸水が湧いていそうな場所は見つからなかった。
「……シュワっと感じたのは気のせいだったかな～」
もう見つからないかな～と、諦めかけた時――
「「おにーちゃん！」」

湖の中からアレンとエレナが呼んでくる。

「どうしたんだ？」

「「あったー」」

アレンとエレナは湖から顔を出しているいくつかの岩、その一つによじ登っている。

「何があったんだ？」

「しゅわしゅわ」

「あったー」

「え？　本当か⁉」

なんと、炭酸水が見つかったようだ！

湖に入った子達は完全に遊んでいるものだと思っていたが、しっかりと探してくれていたんだな。

《あの岩から湧き出ているんですかね？》

「そうかもな。とりあえず、あそこまで行ってみるか。ボルト、先に行って」

《わかりました》

僕は人魚の腕輪を身に着けて湖にそっと入り、子供達のところへ向かう。

「「おにーちゃん、ここ！」」

「どれどれ？」

岩に到着すると、アレンとエレナが〝早く見て〟と言わんばかりに指差す。

「おっ！」

そこには岩の割れ目があり、気泡が出ている水が湖に流れ出ていた。

《すっごくシュワシュワだった！》

「飲んでみたのか⁉」

既にベクトルは飲んだらしい。

《ごめんなさい、兄様。止めようとしたんだけど、間に合わなかったわ。だけど、アレンちゃんとエレナちゃんには〝兄様の【鑑定】が終わってからね〟って待たせたから》

驚いて声を上げる僕に、フィートはすまなそうにする。

「ありがとう、フィート。湖の水は既に飲んでいるから大丈夫だと思うんだけど、やっぱり濃さがな……身体に悪かったり刺激物だったりする可能性もあるから、止めてくれて助かったよ。まあ、ベクトルは……大丈夫そうだから気にするな」

フィートの気配りは本当に助かる。まあ、ベクトルは僕でも止められない時があるので仕方がないし、本当に駄目なものだった場合、野生の勘で察知して自分から止まってくれると信じている。

「早速、調べてみるか……――」

すぐに湧水を【鑑定】してみると、結果は『気体を多分に含んだ水』と出た。水そのものも、含んでいる気体も無毒で何も問題ない。

「うん、まさしく炭酸水だ」

「『のんでいい？』」
「いいよ。でも、きついかもしれないから一気に飲むんじゃないよ」
「『わかったー』」
頷く子供達と一緒に僕も飲んでみたが、甘みはほとんどない、かなり強い炭酸水だった。
「『おぉ～、しゅわしゅわ～』」
《本当だ。おもしろい水だね》
《あら、結構、刺激があるね》
《ぼくにはちょっと刺激が強いです》
《わたしも少しなら大丈夫だけど、大量には飲めないの！》
ボルトとマイルはちょっと苦手みたいだけど、飲めないことはないようだ。
「じゃあ、樽《たる》があるだけ汲むから、みんなは……」
《遊んでいていい？》
「ああ、いいよ」
《やったー。アレン、エレナ、行くよー》
「『うん』」
子供達が水の中に遊びに行くのを見送ってから、僕は炭酸水を汲み始める。
いや～、巨獣迷宮でレイ酒を汲んだ後、空樽を補充しておいて良かった。

「よし、これで最後だな」
たっぷりと炭酸水を汲んだ僕は陸へと戻り、そこですぐに炭酸飲料を作ってみることにする。
蜂蜜《はちみつ》とレモネーの果汁を加えて、レモンスカッシュ風だ。
ひとしきり遊んで満足したらしい子供達にも、飲んでみてもらう。
「「おいしいー！」」
《うわっ！　これ、凄くいいね！》
《とっても爽《さわ》やか。兄様、美味しいわ》
《レモネー味ですね！　これなら飲めます。美味しいです》
《美味しい！　兄ちゃん、お代わりー！》
《タクミ兄、美味しいの！》
子供達にはとても好評だった。
少しかき混ぜるので炭酸が程よく抜け、ボルトとマイルでも問題なく飲めるようだ。
《お兄ちゃん、いっぱい汲んでくれた？》
「うん、樽があるだけ汲んだからしばらくは大丈夫だよ。でも、なくなった時はまた汲みに来るから、その時はよろしくな」
《任せて！　最速で連れてきてあげる！》
その後、僕達は湖畔で一晩過ごし、翌朝、街へ向けて出発した。

第四章　鉱山へ行こう。

《街が見えてきたよ～》
「「ついた～」」
湖を出発し、採集や魔物狩りを楽しんだ僕達は、ケルムの街の近くに到着した。
声を上げるベクトルと子供達に、みんなも続く。
《兄上、この先は人がいますね》
《じゃあ、兄様、私達はここまでね》
《着いちゃったか～。もっと走りたかったけど、しょうがないよね～》
《タクミ兄、また何かあったらすぐに呼んでなの》
「みんな、ありがとう。遊びに行く時は呼ぶから、その時はまたよろしくな」
今まで通り、ジュール達のことは公表しないので、人目につく前に影に戻ってもらう。
「「またね～」」
《アレン、エレナもまたね～》
《アレンちゃん、エレナちゃん、良い子にしているのよ》

《フィート、二人はいつも良い子ですよ》
ボルトの言葉に、フィートがこてんと首を傾げる。
《あら、それは知っているわよ。でも一応注意だけはしておかないとね》
《それもそうですね。アレン、エレナ、怪我には気をつけてくださいね》
《それも大事ね。あとは体調にも気をつけるのよ》
《あとはそうですね……》
《もういいんじゃない？　アレン、エレナ、またね～》
《そうなの！　二人とも、またなの！》
ジュール達はそれぞれアレンとエレナに言葉を掛けて、影へと戻っていった。フィートとボルトは特に心配そうだったな～。
「「おにーちゃん！」」
「ん？　どうした？」
「アレン、だいじょーぶだよ！」
「エレナもだいじょーぶだよ！」
「え？」
「「いいこにするの！」」
「ああ！　うん、アレンとエレナが良い子なのはちゃんとわかっているよ！」

アレンとエレナは去り際に言われたことが気になっていたのだろう。僕の言葉に、ホッとした表情を見せた。

「じゃあ、街に行くか」

「「うん！」」

街には無事に入れた。

鉱山近くの街ということで、鉱石に関係ある店が多いのかと思ったが、門の近辺を見た限りではそうでもなさそうだ。

「兄ちゃん、どうした？」

首を傾げていたのに気づいたのか、門兵さんに声を掛けられた。

「もっと鍛冶屋とかが並んでいると思っていたんですよね～」

「そういうことか。兄ちゃんが思っている通り、普通の街より鍛冶屋が多いのは間違いないぞ。ただ、ほとんどの店がことは反対側、北地区で商《あきな》う決まりになっているだけなんだ」

「へぇ～、地区が決まっているんですか～」

「ああ、鍛冶屋っていうのは毎日毎日、カンカン煩《うるさ》いうえに熱気がすげぇからな」

「なるほど、そう言われれば凄く納得できますね」

「だろう？」

とても話しやすい門兵さんだったので、お勧めの宿屋や冒険者ギルドの場所など、いくつかのことを聞いてから門を離れた。

「さて、アレン、エレナ。まずは冒険者ギルドに顔を出しておくか～」

「「ぎるどー？」」

「そう。道中で見つけた素材をいくつか売っておこう。アンディさんにお願いされたからね」

アレンとエレナはアンディさんに「「がんばるー」」と宣言した通り、かなりの魔物を倒し、さらに薬草なども大量に採取したからな。

冒険者ギルドは近かったのですぐに到着し、早速中に入る。

「……タクミだよな？」

「ん？　――あれ？　ルドルフさん？」

するといきなり声をかけられ、そちらに目を向ければ、驚いた表情のルドルフさんがいた。

「久しぶりだな、タクミ」

「本当に久しぶりですね。お元気でしたか？」

ルドルフさんはAランクの冒険者で、『ドラゴンブレス』というパーティのリーダーだ。以前、シーリンの騎士団主導のガヤの森遠征に同行した時に知り合った。

彼らはあの遠征終了後、すぐにシーリンの街を離れたらしく、あれ以来会う機会はなかったんだよな～。遠征は僕がこの世界に来てわりとすぐだったから……もう半年以上振りになるのか。

「おう、元気だぞ。聞いたぞ、タクミ。お前さん、Aランクになったんだってな」

「ルドルフさんが後押ししてくれたお蔭ですね」

「タクミにはその実力があったからな」

ルドルフさんはこちらにやって来ると、何故か僕の頭を撫で始める。

アレンとエレナではなく、僕。何でだ？

「ちょ、ちょっと、ルドルフさん、凄い注目を浴びているんですけど～……」

Aランクのルドルフさんが、見知らぬ成人男性の頭を撫でるという行為に、ギルド内にいた冒険者達はもちろん、ギルド職員も驚いた表情を浮かべながらこちらを凝視している。

「ん？　ああ、気にするな」

気にするなって‼　いやいや、普通は気にするよね？　Aランクの冒険者になると、他人の視線を気にしなくなるの⁉

「ルドルフさん、何しているんで……――あら、タクミさん？」

そこにルドルフさんのパーティメンバーである……アイリスさんだったかな？　がやって来た。

「ザック、ギルム、大変よ！　タクミさんがいるわよ！」

そして、アイリスさんは僕に気づくなり、大声で残りのパーティメンバー二人を呼び寄せた。

「何だ、アイリス？　タクミって誰だっけ？」

「おいおい、ザック、その発言は冗談か？　あれだけ印象的な人物を忘れられるって、どんだけお粗末《そまつ》な頭だよ」

「うるせぇーよ、ギルム！　――って、タクミってこいつのことかよ！　この顔はさすがに忘れられないぞ。名前だけじゃわからなかったがな！」

すぐにザックさんもギルムさんもやって来て、一気に賑やかになった。

「も～、二人とも騒ぎすぎよ。えっと……アレンくんとエレナちゃんだったかしら？　元気だっ
た？　私のことを覚えている？」

「「うん」」

おお、ちゃんと覚えているんだな。

「けがをねー」

「なおしてくれた」

「「おねーちゃん」」

「そうそう。覚えていてくれて嬉しいわ～」

「「あとねー」」

嬉しそうにアイリスさんが言うが、二人は言葉を続ける。

「おりょーり」

「じょーずじゃない」

「「おねーちゃん」」

「……」

「「ぷっ……」」

子供達の言葉を聞いたアイリスさんは黙り込み、ルドルフさん、ザックさん、ギルムさんは顔を背けて笑っている。

「ち、ちびっ子達は素晴らしい記憶力を持っているな～」

「も～、アレンくん、エレナちゃん！　そっちは忘れていいです！」

「「わすれるー？」」

「そうです！　忘れるんです！」

「「ん～……むりかな～？」」

「えぇー!?」

「「「ぷっ」」」

子供達はまたアイリスさんを絶句させ、ルドルフさん達三人を笑わせていた。

「はぁ～、笑った、笑った」

「三人とも笑い過ぎです！　もぉ～、三人だって料理できないのにぃ～～～」

笑いの収まった仲間達に、アイリスさんは猛抗議する。

「俺達はアイリスよりマシだぞ」

「そうそう。少なくとも食べられるものは作れる」

「美味しくもないじゃないですか！　それなら大した差はないです！」

「雲泥《うんでい》の差だろーが！　同じにするな！」

「そうだぞ。どうやって作ったら、透明に近い普通のスープがボッコボコと真っ黒な泡を吹くようになるんだよ」

「普通じゃないだろう？　いい加減認めろよ、な？」

「くぅ～～～」

しかし、あっさりと言い負かされてしまっていた。

それにしても、アイリスさんが作る料理は危険物だという話は聞いたことがあるけど……透明なスープが黒い泡を吹くだって？　ボッコボコってことは、炭酸みたいな感じじゃなくて、もっと派手に吹いているよな？　それって逆に凄く気になるんだけど。

僕も以前に紫紺《しこん》なんて怪しい色をしたスープを作ったことがあるし、色は大して気にならないけど……泡はさすがに驚くわ～。

「……ルドルフさん、ザックさんとギルムさんが言っているスープは食べてみたんですか？」

「……差し込んだ途端、スプーンが煙を出して変色したんだぞ？　そんなもの食うわけがないだろ？」

スプーンが金属製なのか木製なのかは不明だが、想像以上に凄い代物《しろもの》だったということはわかった。【鑑定】してみたいから試しにアイリスさんにスープを作ってもらおうかな～と思ったが、止めておいたほうがよさそうだ。

「そういえば、聞いていなかったな。タクミは依頼でこの街に来たのか？」

ルドルフさんが思い出したようにそう言った。

「えっと……依頼と言えば、依頼ですかね？　鉱山に生えている薬草を欲しいって頼まれまして」

「やくそー」

「さがすのー」

「ほぉ～、そうなのか」

納得したように頷くルドルフさんに、僕は尋ねてみる。

「ルドルフさん達も依頼ですか？」

「いや、俺達は武器の手入れだな。武器のことなら、この国ではケルムが一番だからな」

なるほど、やはりここは鍛冶関係が強い街なんだな。

「もちろん、武器以外のもの、鍋なんかも豊富だぞ。買ってやろうか？」

これは……ルドルフさんに揶揄《からか》われているんだろうか？　それとも料理を作ってくれという意味か？

「おなべー」

「もってるよー？」

「お？　お前さん達もちゃんと持っているんだな？」

「アレン、もってなーい」

「エレナ、もってなーい」

アレンとエレナは首を振りつつ言葉を続ける。

「「おにーちゃん、もってる～」」

「……そうなのか」

ルドルフさんは、子供達の言葉を聞いて少し思案顔になった。

何だろう？　今の子供達の言葉には、これといって問題になるようなことはなかったと思うんだけどな～。

しかしルドルフさんは、真剣な表情で口を開いた。

「タクミ、今後も子供達を連れて歩くなら、もう少し二人の荷物を考えたほうがいいぞ。常に一緒にいるからと簡単に考えては駄目だ。どんな時にでも万が一はある。鍋なんかは料理をしなくても、野外でお湯を確保するために必要だから、料理ができない俺でも所持している。それで命を繋ぐこともあったしな。それで荷物が嵩張《かさば》るようなら逆に問題になるが……その子らの鞄《かばん》なら問題ないだろう？」

マジックバッグである子供達の鞄のくだりについては、周囲の耳を気にして音量を抑えつつ、忠告してくれる。

「そうですね。早急に改めます」

「ああ、そうしろ」

アル様達と迷宮に行った時に、アレンとエレナに食料を持たせていなかったことを反省して干し肉を多めに持たせるようにはしたが、まだまだ準備が不足しているようだ。

備えあれば憂《うれ》いなしと言うし、多少過剰でも二人にはいろんなものを持たせておくか。

「それなら、ルドルフさん。依頼料を払いますから、持ち物のご指導というか、ご指南をお願いしたいんですけれど……」

「ふむ……今はばりばり依頼をこなしているわけじゃないから、別に構わんぞ。ただ、報酬は、タクミの料理にしてくれ」

「料理……ですか？」

「ああ、遠征の時の野営で食べた料理がかなり美味《うま》かったからな。ちゃんとしたところで作ったお前の料理が食べたい」

「それくらいならお安い御用なんですけれど……それって僕が得していません？」

高ランク冒険者になると、貴族子弟に対する指南依頼というのもある。しかも高額な依頼料で。

それを考えると、僕の料理が依頼料代わりってかなり格安じゃないかな？

しかしルドルフさんは、首を横に振る。

「気にするな。知り合い価格だと思っておけ……そうだな。タクミ、宿はもう決めたのか？」

「いいえ、まだです」

「じゃあ、俺達と同じ宿に来い。部屋は空いていたはずだ。格的には中級だが、お前なら宿代が払えないってことはないだろう？」

「それは大丈夫です」

「『白猫亭《しろねこてい》』という宿だ。まあ、お前の用事が済んだら案内してやる」

「はい、ありがとうございます」

あ、『白猫亭』って門兵さんが勧めてくれた中にあったたな。

「そうとなったら、さっさと用事を済ませてしまえ。ギルドには何しに来たんだ？　さすがに依頼を受けに来たわけじゃないだろう？」

「あ～、素材の売却ですね。王都からここまでに手に入れたものを売りに」

領くルドルフさんを見つつ、言葉を続ける。

「まあ、売却は急いでいないので、今日じゃなくても大丈夫です。ルドルフさんを待たせるのは申し訳ないですしね」

「気にすんな。というか、タクミがどんな素材を持ってきたか気になるから、見せてくれよ。ほれ、とっとと行くぞ～」

「ははは、わかりました」

えっと……今回は当たり障《さわ》りのない素材ばかりだから大丈夫か。

「アレン、エレナ、素材を売りに行くよー」

「「はーい」」

アレンとエレナを連れて、先にカウンターに向かうルドルフさんを追う。

「ルドルフさんじゃないですか。今日は依頼を受けていなかったですよね？　何かありましたか？」

やはりルドルフさんは注目される人物だな〜。カウンターに少し近づいただけで、職員がすぐに対応しようとしてくれていた。

あっ、でも、僕も王都の冒険者ギルドでは、ケイミーさんがすぐに対応してくれていたっけ。それと同じかな？

「用があるのは俺じゃなくて、こっちだ」

「こんにちは、タクミです。素材を売りたいんですけれど」

「アレンです」

「エレナです」

ルドルフさんの誘導で職員さんが視線を向けてきたので、とりあえず挨拶をしておく。

「この街では初めて見る顔ですね。ルドルフさんとは親しそうですが……」

「ああ、シーリンでちょっとな。言っておくけど、低ランクの新人じゃないぞ」

「えぇ!?」

ルドルフさんの言葉に、職員さんが驚きの声を上げる。

えっと……低ランクじゃないのは間違いないが、冒険者登録してから一年も経ってないよ？　それって新人の括《くく》りじゃないのかな？

「ルドルフさん、ルドルフさん。僕達、新人ですよ？」

「タクミ、経験は浅いかもしれんが、お前はもう新人とはいえん！　まあ、子供達は年齢的に新人ってことでも許そう！　実力は決してそうじゃないけどな！」

……思いっきり否定された。

酷いよな～。普通は経験が少ない＝新人だろうに。

「あ、こいつは『刹那《せつな》』な」

「えっ⁉　あの『刹那』様ですか⁉　最短でAランクになった方じゃないですかっ⁉」

ルドルフさんが職員さんに僕のことを紹介してくれるけど、その仕方！

「ちょっ、待って⁉　な、何でルドルフさんがそれを知っているんですか⁉」

「それ……って二つ名のことか？」

「そう！　それです！」

僕の二つ名が広まっているのって、王都だけじゃないのか⁉

「タクミよ～……ちょっとは自分が有名人だってことを自覚しろよ～」

「えぇ～」

「最短でAランクになった奴だぞ？　そんな奴に二つ名がついたら、あっという間に広がるに決まっているだろう？」

「……」

本当に……この世界の情報拡散速度を甘く見てはいけないな～。この分だと、国内だけじゃなく、他国にも広まっている可能性が大いにあるよな。

「ほら、項垂《うなだ》れてないで、さっさと売る素材を出してしまえ」

「……はーぃ」

ルドルフさんは〝ほれほれ〟とカウンターを示して促してくる。

「はっ！『刹那』様と言えば！」

その時、ギルド職員さんが何かを思い出したように急に立ち上がって、慌てて部屋の奥へと消えていった。何だかよくわからないが、二つ名呼びを継続するのは止めてくれないかな～。

職員さんは、すぐに戻ってきて、手紙を渡してきた。

「すみません！『刹那』様へ、王都のギルドマスターからお手紙を預かっていました」

「アンディさんから？」

「何だ、タクミ、王都のギルドマスターと親しくなったのか？」

「まあ、よくしていただきましたよ」

アンディさんからの手紙か。何だろう……何か言い忘れたことでもあったのかな？

急な用件だったら困るので、僕はその場で手紙を開いて読み……思わず情けない声を漏らしてしまった。

「うわ～、これはまた……」

「何だ？　どうした、タクミ？　無理難題でも言ってきたのか？」

「そ、そんなに酷い内容が書かれていたのですか!?」

ルドルフさんと職員さんが心配そうな表情をする。

「いいえ、無理難題とか、酷いとか……まったくそういう内容ではないですね」

「じゃあ、何だったんだ？」

「これ、欲しい素材のリストですね」

「「はぁ!?」」

「手に入れて、ギルドに売って欲しい素材が羅列《られつ》してあります」

手紙の一枚目にはアンディさんからの簡単な挨拶と手紙の内容について、二枚目からは魔物、薬草、食材などなど、いろんな素材の名前が書かれている。

「……何枚あるんだ、それ？」

「えっと……リストは三枚ですね」

一枚だけでもかなりの素材名が並んでいるが、それが三枚もあるんだよ。しかも、『◎：優先して欲しいもの』『○：大量に欲しいもの』『△：優先度は低いが欲しいもの』『▲：一つでもいいから欲しいもの』……と記号までふられていた。

「ちょっと見せてくれ」

「わ、私も拝見してよろしいですか？」

「はい、いいですよ」

ルドルフさんに手紙を渡すと、職員さんも覗き込むようにして手紙の内容を確認し始める。

「何だ、こりゃあ！　すげぇ数だな」

「うわ～、本当に素材名だけを羅列した紙が三枚も……。えっと……二重丸と丸印は需要が多く、ギルドで常時依頼が出ているものですね」

「だな。三角は……高く売れるものか？」

「ええ、貴族の方が好む品ですね。利益は大きいですが、必需品というわけではないので、確かに優先度は低いですね」

「で、黒三角は稀少《きしょう》な素材か？」

「はっきり言ってそう簡単に手に入らないものばかりですね」

「だよな～。俺でもほとんど見たことのない素材ばかりだわ」

ルドルフさんと職員さんは息の合った様子で、リストの内容について吟味していく。

「一応記載しておこう……という考えだとは思うんですが、それにしては黒三角の種類が多いような気がします」

「あ～、この手紙の宛先がタクミ達だからな……期待を込めてだろうな」

ルドルフさんと職員さんの視線が、揃って僕のほうに向く。

「な、何ですか？」

思わずそう問いかける僕を尻目に、ルドルフさんはおかしな理由を職員さんに再度告げる。

「だから、タクミ達だからだ」

「え？」

〝僕達だから〟って……それは理由じゃない！　職員さんもきょとんとしてるじゃないか！

「タクミ、この黒三角印が付いている素材で手に入れたことがあるものは、どのくらいあるんだ？」

「えっと……いくつか？」

「ほぉ～、いくつか、ねぇ。まあ、それを売る時には絶対に個室で取引しろよ」

ルドルフさんはそう忠告をしてくれた。

「で、今日は個室を希望するか？」

「大丈夫です。今日は普通の？　薬草と魔物の素材ですから」

僕はそう言って、子供達がここに来る道中で見つけた薬草や倒した魔物の素材をカウンターに並べた。

「お、確かにわりと普通だな」

「いっぱいたおしたー！」

「いっぱいあつめたー！」

「……ああ、うん、普通なのは素材そのものだけで、入手の経緯は普通じゃなさそうだな」

「……え？　えぇ？　子供達がこれらを集めたんですか!?」

普通だと言ってくれたルドルフさんだったが、子供達が自分で集めたことを主張したために、呆れた表情に変わり、職員さんは混乱している。

僕達は職員さんが落ち着くのをしばらく待つことにした。

◇　◇　◇

ギルドで素材を売却し終わった僕達は、ルドルフさんに案内されて『白猫亭』を訪れた。

アイリスさん達は他に用事があるらしく、今はルドルフさんだけが同行してくれている。

「ダンスト、客を連れてきたぞー」

宿に入ってルドルフさんが声を掛けると、奥からルドルフさんと同年代くらいの男性が出てきた。

「ん？　ルドルフか？　随分若い冒険者を連れてきたな」

「若いが優秀だぞ。一室頼むわ」

何だか、ルドルフさんと仲が良さそうだ。

「タクミです。よろしくお願いします」

「ダンストだ。そのチビ達は連れか？」

「はい、そうです」

僕が頷くと、ダンストさんは顎に手を当てる。

「二人部屋……いや、三人部屋か？」

「大きな寝台の部屋があるならそこで。なければ二人部屋でお願いします」

「じゃあ、二階の一番手前の部屋だな。すまんが、代金は出かけている嫁が帰ってきてからでもいいか？」

「はい、大丈夫です。お世話になります」

それから受けた説明によると、食事は朝だけ付いていて、昼と夜に関しては注文すれば別料金で食べられるらしい。

なるほどと頷いていると、ルドルフさんがダンストさんに問いかける。

「ダンスト、厨房を少し貸してもらえないか？」

早速料理を作ってくれってことだろうか？　まあ、今日は特に予定があるわけではないからいいんだけどさ～。

「こんな時間にメシか？　夕方からの営業時間には早いし、仕込みも終わっているから問題ないが……そいつが使うのか？」

「タクミの料理は美味《うま》いぞ。ダンスト、絶対に損はさせない」

「ふ～ん。タクミって言ったな。こっちだ」

そう言って案内してくれるダンストさんについていく途中、アレンとエレナが裾を引っ張ってきた。

「おにーちゃん」

「なにつくるー？」

「そうだな～。この時間だしな……がっつりなご飯系より、小腹を満たすようなものがいいかな？」

「おやつー？」

「ぱんー？」

「甘いものよりはパンが良いかな？　あ、そうだ！　ピザを作ろうか」

「「ぴざー？」」

「そう。ピザ」

初めて聞く単語に不思議そうな顔をする二人に頷く。

《無限収納《インベントリ》》に焼く前のパン生地もトゥーリの実で作ったソースもあることだしね。具は……野菜とシーフードあたりがいいかな？

「じゃあ、具を用意するぞ」

「「うん！」」

厨房に案内してもらった僕は、まず魚介の下処理をしていく。

イカは魔物ではなく通常のものを使った。……まあ、通常と言っても一メートルくらいあるんだが。本当はリトルクラーケンを使ってみようと思ったけど、さすがに止めておいた。騒ぎになりそうだし。

案外剥《む》きやすかったイカの皮を剥き、ひと口サイズに切っておく。う～ん……下茹《したゆ》ではしたほうがいいかな？　焼き時間にもよるが、生焼けは怖いし、水分が出てべちゃべちゃになってしまったら台無しだから、湯通しをしておくか。

次はアカエビ。こっちも湯通しして殻を剥いておく。

チーズは店で売っていた塊《かたまり》をナイフで削って、タシ葱と生のトゥーリの実をスライスして……っと。よし！　これで準備はできたかな？

「お父さん、ただいまー！」

「あなた、帰ったわよ。——あら、お客様？」

と、そこで元気な声が聞こえてきた。

「サラ、帰ったか。ルドルフが連れてきた客だ。二階の手前の部屋に泊まる予定だ。あとで代金を計算してくれ」

「わかったわ」

ダンストさんの奥さんと娘さんだよな？　奥さんも娘さんも、猫っぽい獣人のようだ。

「私、イリス。お兄ちゃん、何を作っているの？」

ダンストさんの娘さん——イリスちゃんは十歳くらいの子で、初対面である僕達が厨房に立っているのを見て気後れせずに話し掛けてくる。宿屋の娘だから、接客慣れしているのかな？

「これはピザっていうものを作っているんだ」

「ピザ？」

「そ。パンの仲間かな？」

「美味しいの？」

「美味しいと思うよ。じゃあ、イリスちゃんの分も作るから一緒に食べるかい？」

「うん、食べたい！　お兄ちゃん、ありがとう」

僕はイリスちゃんににっこり笑いかけると、いくつか取り出したパン生地を丸く平らに伸ばし、トゥーリソースをまんべんなく塗っていく。

「よし、じゃあ具を載せよう。アレン、エレナ。手伝って」

「「はーい」」

「お兄ちゃん、私もお手伝いする」

「ありがとう。じゃあ、パン生地の上にこうやって……」

子供達三人の見本になるよう、一枚の生地に用意した具材を散らしていく。

三人はそれを見て、手際よく別の生地に具材を載せていく。

最後に上からチーズをたっぷりかけ、温めておいたオーブンに入れて待つこと約十分。

「――よし、できたな～」

「「おいしそー」」

ピザをオーブンから取り出すと、焼けたチーズの匂いが一気に広がった。

「すげぇー良い匂いだな」

「あら、本当ね～」

「よかったら、ダンストさんとサラさんもいかがですか？」

「いいのか？」

「はい。厨房をお借りしましたしね」

切り分けたピザを皿に載せてからみんなで食堂へ移動すると、ルドルフさんがそわそわした様子で待っていた。

「お待たせしました」

「待ってた！　さっきから良い匂いがして待ち遠しかったぞ！」

「ははは～。じゃあ、どうぞ。――アレン、エレナ、あとイリスちゃんも、熱いから気をつけるんだよ」

「「はーい」」

早速みんながピザに手を伸ばし、アレンとエレナはふぅふぅと少し冷ましてから頬張《ほおば》る。

「「ほわぁ～」」

狙い通りに伸びていくチーズに、子供達は少し慌てつつも上手く巻き取って食べ進めていた。

「「おにーちゃん、これおいしい～」」

「そっか。良かった～」

アレンとエレナは大喜びで、あっという間に一切れを食べきる。

「何だこれ！　タクミ、美味《うま》いぞ!!」

「お兄ちゃん、これ美味しい！」

「美味《うま》いな」

「本当に美味しいわぁ」

ピザはルドルフさん、ダンストさん家族にも好評だった。

「あなた、お店で出したら売れそうね」

「……間違いなく売れるな」

「ダンストさんでしたら、どんな具材を載せますか？」

とりあえず、魚介の仕入れの関係上、シーフードのピザはこの街では難しいだろう。ベーコンなりマロ芋なりを使えばいいと思うんだけど……それはピザを知っている僕だから出てくる発想なのかもしれない。

そこで、ピザを初めて食べたダンストさんは、どんな具材がピザに合うと考えるのか興味があるのだ。エーテルディアならではの発想とかがあるかもしれないしな～。

しかしダンストさんは僕の質問に答えず、首を傾げていた。

「いいのか？」

「何がですか？」

「これをうちの店で出していいのか？」

「ああ、そのことですか。いいですよ」

「……」

ピザの材料は食べればわかるし、誰にでも真似できるはずだ。

だからクリームパンの時みたいに、レシピや開発者が誰かなんて騒動になることはないだろう。

そう思って僕があっさりと肯定すると、ダンストさんは一瞬黙り込み、ブツブツと呟きだした。

「……トゥーリソースの煮込み加減に……載せる具材の種類……」

「いやね～。もうこの人ったら、メニューを考えているわ～。タクミさん、このピザ？　っていうものを本当にうちの店で出しても構わないの？」

「ええ、構いません。ただ、食べたのでわかると思いますが、材料も調理方法も簡単で誰でも真似しやすいものですから、最初のうちは珍しがられても、看板メニューにするのは難しいと思いますよ？」

「それはうちの人の腕次第ってことね。今からパン生地を仕入れてトゥーリのソースさえできれば、今日の夜にも間に合うわね！　イリス、食べ終わったら急いで買い出しに行ってきて」

「は～い」

えっ⁉　今日の夜の営業から出すんですか？　それはさすがに予想外だよ‼

ピザを食べ終わった僕達は、ルドルフさんを伴って僕達が借りた部屋へ移動する。

「よし、早速確認だけでもしておくか！」

そして、ルドルフさんが子供達の荷物を確認してくれることになった。

「アレン、エレナ、ベッドの上でいいから、鞄に入っているものを全部出そうか」

「「ぜんぶー？」」

「うん、そうだよ」

「「わかったー」」

アレンとエレナは鞄の中身を取り出して並べていく。

お金、ギルドカード、着替え、外套《がいとう》、タオル、皮袋、干し果実、干し肉、アメ玉、ミスリルナイフ、この前買ったばかりの剣、水筒《すいとう》の魔道具、発火石。あ……真珠と人魚の腕輪も出してるな、すっかり忘れてた。まあ、ルドルフさんなら見せても大丈夫か～。

二人が持っているものはほとんど同じで、違いといえばアレンのほうは剣が一本多くて籠手《こて》があり、エレナのほうには数種類のリボンと鏡があるくらいかな。

「……突っ込みどころ満載だな、おい」

並んだ品々を見て、ルドルフさんが呆れたような表情をしていた。

たぶん、ミスリルのナイフと真珠、人魚の腕輪あたりのことだろうな～。

とりあえず笑って誤魔化すと、ルドルフさんは溜め息をついてしまった。

「はぁ……まあ、いいさ。さっきギルドで言った通り、小さいものでいいから鍋は持たせておいたほうがいい。あとは塩、食器一式もだな」

「確かにそれはセットで持っていたほうがいいですよね！」

僕はすぐに《無限収納《インベントリ》》から小さめの鍋と食器一式を取り出して、アレンとエレナの荷物に足す。

それと――

「アレン、エレナ、これは普通の塩ね。あと好きなものをいくつか選んで、それも鞄に入れておいて」

「「はーい」」

小瓶に入れた塩とお手軽塩シリーズから自分の好きな味を持たせることにした。

「アレンは……これとこれ！」

「エレナはね～。これとこれ！」

とりあえず、二人は二種類ずつ別々の塩を選んで手に取る。えっと、アレンはカレー塩とニンニク塩、エレナはハーブ塩とレモネー塩か。

「何だ、この色とりどりの小瓶は？」

カラフルなそれらにルドルフさんが興味を示す。

「全部塩ですね。ただし、味はそれぞれ違いますけど」

「味が違う？　どういうことだ？」

「えっと……黒い蓋がコショウ、オレンジがカレー、白がニンニク、茶色がショーガ、黄色がレモネー、青がミンス、緑がハーブ、赤が唐辛子、クリーム色がオレン、ピンクがユズユ、黄緑がライネ、濃い緑が緑茶――お茶の味がする塩になります。焼いた肉や野菜にふりかけて食べるのに最適なんです」

実は僕達が王都を出発する前に新作の塩ができたので、全部で十二種類になった。ユズユはゆず、ライネはライムのような果実だ。ステファンさん、頑張ってくれたな～。

「おぉ！　何だよ、それ！　もの凄く便利そうじゃないか！　ただ焼いた肉にかければいいだけなら俺にでもできるぜ。それはタクミの手作りか？」

「いいえ、違いますよ。これはフィジー商会で売っているものです」

「本当か⁉　フィジー商会か、確かこの街にもあったたな。すぐに買ってこないと！」

「え⁉　ちょ、ちょっと待ってください！　そんなに急がなくても。別に、明日の朝一でどこかに出発するってわけじゃないんですよね？」

僕は今すぐ部屋を飛び出して行こうとするルドルフさんを慌てて止める。

「この状態でルドルフさんがいなくなるのはちょっと……」

子供達の荷物を広げた状態で、指導者がいなくなる状況は避けたい。

「ああ、そうだよな、すまん」

「何でしたら、僕の持っているものをあげますから！」

僕はそう言って《無限収納《インベントリ》》からお手軽塩シリーズを一セット取り出して差し出す。

「おっ、いいのか！」

「はい、現在進行形でお世話になっていますからね」

塩は数本ずつをセットで購入しているので、一セットくらい問題ない。それに、いつでも買えるしね。

「おし、じゃあ、続けるか。あとは鞄の容量にもよるが、毛布なんかもあればいいんじゃないか？子供だからな、防寒に関しては備えておいて損はない」

「確かに、外套だけじゃ辛いですよね。あ～……でも、毛布は買ったほうがいいかな」

予備の毛布はあるにはあるが、大きいサイズのものばかりだ。僕が子供達の身体に掛けてあげるのと、子供達が自分で使うのとでは勝手が違うよな～。さすがに大人用だと、引きずってしまって使いづらいだろう。

「ん？　今まではどうしていたんだ？」

「いや、あるにはあるんですが、大きいものを一緒に使っていたんです。子供達の使いやすい大きさがいいですよね？」

「ああ、そういうことか。それはそうだな。資金に余裕があるなら身体に合ったもののほうがいいさ……あとタクミ、子供にミスリルのナイフを持たせているのは……まあ、いいとしよう。だが、間違っても人前で使わせるなよ。目をつけられるからな」

「もちろん、それは気をつけます」

「ちびっ子も気をつけろよ。誰もいないところならいいが、信頼できない人間がいるところでは使うなよ」

「「わかったー」」

素直に頷く二人に満足したように、ルドルフさんは続ける。

「対策として、人前でも使える普通のナイフも持たせておけ」

「ああ、それもそうですね。わかりました」

僕は一見して判別することはできないが、見る人が見ればすぐにミスリルだってわかるよな～。

普通のナイフは僕の手持ちにないから、これも買わないといけない。

「それと、各種ポーションとまでは言わないが、解毒用のものは欲しいな。あとは傷薬や胃腸薬なんかの通常の薬もあればいいが」

「ああ、薬！　そうですよね。持たせていたほうがいいですよね！」

言われてみればそうだよな！　常備薬は大事だ！

僕もそうだが、アレンとエレナも【身体異常耐性】というスキルがあるので、毒なんかに侵される確率は低いだろう。だけど、それはあくまで〝低い〟だけだ。絶対ではない。

僕がいれば【光魔法】で回復なり治療なりできるけど、一人になった時の備えをしているわけだしな。

「あとは……緊急を知らせる発煙弾や照明弾か？　それも持たせておいて損はないんじゃないか？　そいつらなら、ちゃんと説明しておけば悪戯《いたずら》で使うようなことはないだろう？」

「あ、それは僕も持っていないです」

確かに必要かもな。実際に使われているところを僕達も見たことがあるし、これから先、使う場面が出てくるかもしれない。

えっと……緊急を知らせる魔道具には煙と光の両方があって、赤が救援要請、青が接近不可だったっけ？　あとは視界をふさぐために使う煙幕《えんまく》系のものと位置を知らせる狼煙《のろし》のようなもの、強烈な光で目眩《めくら》ましを狙うものが一般的だったよな？

「そうか。それなら買っておけ」

「はい、そうします」

「タクミ、明日の予定は？　ないなら店にもつき合ってやるぞ」

「いいんですか？」

「ああ、武器が返ってくるまでは暇だしな。それに、買いものも俺が受けた依頼に含まれるだろう」

というわけで、明日はルドルフさんが買いものに同行してくれることになった。

「ああ、最後に一つ！　そのでっかい真珠と腕輪は、絶対に人に見せるなよ！」

最後の最後に突っ込まれた。

「あ～、それはわかっているんですが……いつも止めるのが間に合わないんですよね～」

「今回が初めてじゃねぇのかよ！　迂闊《うかつ》すぎるだろう！」

「……面目ありません」

いつも「あっ！」と思った時には、相手の視界に入っちゃっているんだよね～。

「おもちゃ箱でも与えて、その中に入れさせろよ。そうすれば、箱を取り出した時点で止められるだろう！」

「おぉ！　それはいいですね！　明日はそれも買います！」

それにしても、ちょっと子供達の荷物を見せるだけで本当にいろいろな収穫があったな～。熟練の人はさすがだわ。

◇　◇　◇

翌日は早速、荷物の補充をするためにルドルフさんと店を回った。

まずは薬屋で常備薬と発煙弾、照明弾を買う。

魔法薬は下級のものしかなかったので一旦見送ることにし、一般薬——傷薬や風邪薬、胃薬などは僕の手持ちのものと比べて必要そうなものを購入した。

というか、発煙弾と照明弾が薬屋で売っているなんて知らなかったよ！

もちろん、冒険者の道具が揃っているお店でも扱っているそうだが、種類が豊富なのは断然薬屋なんだって。本当にルドルフさんが一緒で良かった！

その後は、木工細工の工房で宝箱風のおもちゃ箱を注文し、寝具を扱う店で小さめの毛布を買った。

ちなみに寝具屋では、毛布生地で作ったバスローブのようなものを注文した。着る毛布っていうやつ？　僕のと子供達の三着をお願いした。

最後にナイフを買うため、ルドルフさんの武器を手入れしている工房を訪れた。

「オヤジ、邪魔するぞー」

「おっ、ルドルフじゃないか！　ちょうど良いところに来た！」

「な、何だ？　オヤジ、どうした？」

工房に入った途端、カウンターの奥の椅子に座っていた男性ががばりと立ち上がって、カウンターを叩《たた》く。

「材料が足りん！　坑道に行くぞ！　今すぐにだ！」

なるほど、きっと護衛をどうするか考えていて、ちょうどよく僕達が来たってことなんだろう。

「オヤジ、あのな～……俺は武器を手入れに出しているんだぞ」

「ルドルフなら、サブの武器でも大丈夫だろう」

「まあ、大丈夫には大丈夫なんだがな……」

ここの鉱山はルドルフさんが本気にならなくても問題ないくらいの魔物しか出ないのかな？

「どの坑道だ？」

「Aの二番あたりがいい」

「ん～、そうだな～……。オヤジ、こいつらも一緒でもいいか？」

「へ？」

突然話を振られて、僕は変な声を出してしまった。

「こいつらって、その子供もか？」

「足手纏いにならないのは保証する」

「ほぉ～、ルドルフが保証する腕前か。だが、証明できるのか？」

何だろう……話が勝手に進んでいく。この流れだと、このまま僕達も坑道に行く感じかな？

「タクミ、ちびっ子達のランクは？」

「……Dランクですね」

「だそうだ。どうだ、オヤジ？」

「ルドルフが言うだけあって、問題なさそうだな」

ルドルフさんと工房のオヤジさんは、どんどん話を進めていく。

「タクミ、ここの鉱山は領主が管理していて、坑道に入って採掘、採取するのに申請が必要だってのは知っているか？」

「いいえ、知らなかったです」

「勝手に穴を掘り進めて落盤《らくばん》したら大事《おおごと》だからな」

「ああ、なるほど」

確かに、言われてみれば納得する。

とは言っても、坑道を掘り進めるのってかなりの労力が必要そうなので、本職の人以外じゃできない気もするが……。でも、管理するってことは、やる人がいるのだろう。

「言っておくが、坑道に入らないのであれば、山の周りで採取とかは自由だからな」

「それは良かったです」

この街にいる間に山には絶対に行くだろうから、今のうちに聞けて良かった。

「で、ここから本題だ。山には坑道がいくつもあって、番号が振られている」

「はい、さっき〝Aの二番〟って言っていましたね」

「ああ、ここで重要なのは〝A〟のほうだ。良い採掘品が出る坑道がAで、質が落ちる毎《ごと》にB、Cと番号が振られて管理されているんだ」

「へぇ～」

「Cは申請すれば誰でも入れる坑道だ。で、Bの坑道は条件があるがそれほど厳しくない。問題児や戦闘能力が皆無《かいむ》ってわけじゃないなら許可は下りる。だが、Aの坑道に入れる者は限られていて、この街で許可を得ている者はそう多くない」

「そちらの方はその許可が下りているうちの一人なんですね？」

「ああ、そうだ」

なるほど、普通ならAの坑道に入れる機会はそうないというわけか。だから、ルドルフさんは僕も同行させてくれようとしているんだな。

僕の場合、トリスタン様やマティアスさんに頼めば、許可くらいは取ってもらえそうな気がするけど……間違ってもそれをルドルフさんには言わないよ。それに、そんなことで二人を頼りたくないし。

あ、ケルムの街に着いたって、手紙を出さないといけないな。

とりあえず、城とルーウェン家とレベッカさん宛でいいかな？　とにかく、忘れないようにしないと！

「その許可が下りている人以外にも、同行者は一緒に坑道に入れるというのは話の流れでわかりましたけど、同行者の人数制限とか条件とかはないんですか？」

「あるにはあるが、タクミ達なら大丈夫だな」

先ほど冒険者ギルドのランクを確認されたから……それかな？　最低限の戦闘能力が必要ってことだろう。ということは――

「坑道の中って、やっぱり魔物が出るんですか？」

「大物はさすがにいないが、小物はそこそこ出るな。そこのオヤジだって、小物くらい対処できる程度には戦えるぞ。ただまあ、採掘中はな……」

「ああ、そうですよね。採掘って言ったら壁のほうを向いていますし、道具を使っていますもんね。どうしても初動が遅れますから、護衛が必要になるわけですね」

「そういうこった」

採掘に行くのに護衛が必要であることはわかった。僕達がAの坑道に行けるメリットもわかる。だけど――

「初対面の僕達を連れて行ってくれるだけの利点がオヤジさんにありますかね？」

「儂の利点まで心配するか！　こりゃー、ルドルフが気に入っているわけがわかったわい！」

オヤジさんは僕の言葉に、「ガハハハッ」と豪快《ごうかい》に笑い出す。

「坑道についての基本的な情報を教えられているくらいだ、これも知らんだろうから言っておくが、坑道に入るにはそれなりの入窟料《にゅうくつりょう》が掛かる。人数分な。だがその代わり、中で入手したものは入手しただけ自分の取り分にできる」

「ということは、採掘量の何割かを領に納めなければならない……という感じではないんですね？」

「そうだ。採掘量なんかはいくらでも誤魔化せるからな。だから、入窟料を最初に払うんだ」

確かに、マジックバッグや《無限収納《インベントリ》》などもあるんだから、正確な採掘量を調べるのは難しいよな～。

「で、ここからが本題だ。儂はおまえさん達に護衛料は払わん。入窟料も自分達で払え。基本的に護衛はルドルフに任せるんで、おまえさん達は採掘や採取をしろ。余程のことがなければ入窟料くらいは取り戻せるだろう。まあ、儲《もう》けられるかは、おまえさん達次第だがな。そして、儂の欲しいもの見つけたのなら、それを売ってくれ。それだけで儂としては利点さ、店で買うよりは安く手に入るからな！　それでどうだ？」

オヤジさんの提案は、僕にはとても受けやすい内容だった。

「「さいしゅ、する！」」

それに、子供達が既にやる気満々となれば、僕に断る理由はない。

「ぜひ、同行させてください。お願いします」

「よし、決まりだな。儂はモルガン。見ての通り、この工房の店主だ」

「僕は冒険者のタクミです。この子達はアレンとエレナ。この街に来たばかりの新参者です。よろしくお願いします」

「「おねがいします」」

「おうよ！　じゃあ、早速行くぞ！」

オヤジさん――モルガンさんは、話が決まったのならすぐさま行動！　とばかりに店じまいを始める。

「あ、モルガンさん、出発前にナイフを買いたいんですけど。あと、採掘に使うハンマー？　とかも置いていますか？」

「ああ、そういえば、用があって店に来たんだもんな！　ナイフはその棚から選べ。会計は後からでいい！　採掘用の道具の売りものはないから、今回は儂のを貸してやる」

「すみません。ありがとうございます」

「ほれほれ、ルドルフ、ぼさっとしてないでさっさと店を出ろ！」

……モルガンさんは本当に坑道に行きたくて仕方がなかったらしく、僕達を追い立てるように工房を出た。


僕達は工房があった北地区からほど近い北門へ行き、そこから鉱山に入った。

ケルムの街の北門は街の出入りのためではなく、鉱山へ行くためにあるようだ。

入窟料もそこで払って門の外に出ると、すぐそこが鉱山の麓《ふもと》になっていた。

「あれ？」

「どうしたんだ、タクミ？」

「いえ、Ａの何番、Ｂの何番って言うくらいなんで、坑道がいくつかあるんだと思っていたんですよね」

だが、見えるかぎり坑道の穴は一つしかない。

「中で道が分かれているんだよ。というかな、あちこちに穴を開けたら、それこそ落盤するだろうが！」

「ああ、そうか！　ん？　でも、それじゃあ、どうやって特定の人しかAの坑道に入れないように制限しているんですか？」

Cの坑道しか許可されていない人が、BやAの坑道に間違って入っちゃうってことが起こるんじゃないかな？

「坑道の至る所に鍵付きの柵《さく》が設置されているから、間違っても勝手に入ることはできないんだよ」

「へぇ～、そうなんですね。じゃあ、入ることが許可された人はどうするんですか？」

「これを使うんだ」

ルドルフさんの説明に僕が不思議そうにしていると、モルガンさんが袖を捲《まく》って手首を見せてきた。

「……魔道具、ですか？」

彼の手首には、魔石がはめ込まれている幅広の腕輪が二つ着けられていた。

「ああ、これが所謂《いわゆる》、鍵の役割をしている」

そういえば、入窟料を払った時にモルガンさんが何かを受け取っていたっけ。それが鍵となる魔道具だったようだ。

「柵のほうにも魔石が組み込まれていて、波長が同じ魔道具が接近すると開く仕組みになっている。それで、こっちがBと記された柵。こっちがAの柵用だ」

「へぇ～、凄い仕組みですね～」

「ほれほれ、納得したなら行くぞ」

「あ、はい」

何故かルドルフさんとモルガンさんに初々《ういうい》しいものを見るような視線を向けられつつ、僕達は坑道の中へ進んでいく。

「「くらーい？」」

「そうだな。――《ライト》」

坑道の中はそれなりに広いが、少々薄暗かった。等間隔でランタンが設置されているものの、坑道全体を照らせてはいない。なので、僕はすぐに魔法を使って周囲を照らした。

「おお、こりゃー明るくて良いな！」

「勝手に照らしてしまいましたけど、明るすぎて問題になることはないですか？」

「照らされるのを嫌がるバット系の魔物が多少ざわつくくらいだから、何も問題ない。むしろ、明るいほうが儂は作業しやすいから、大歓迎だ！」

モルガンさんには好評みたいだ。

だが、本当にコウモリは大丈夫だろうか？　洞窟とかに懐中電灯を持って入るとコウモリが一斉に飛び交うイメージがあるんだけど……それって創作だったのかな？

「お、そういえば、ランタンを忘れていたな」

僕がコウモリの生態について考えていると、ルドルフさんが思い出したように呟いた。

「子供達の荷物ですかね？」

「ああ、そうだ。持っていて損はないだろう？」

「そうですね。確かに灯りは必要です。街に戻ったら忘れずに買うようにします」

「おう、そうだな」

魔法を使える僕はともかくとして、子供達には必要だろう。お金はあるんだし、ランタンよりは灯りの魔道具のほうがいいかな？

それにしても……持たせたほうが良い荷物がまだまだありそうだよな～。

——あっ、そうだ！

「アレン、エレナ、ここでは手袋をつけておこうか」

「「はーい！」」

僕は《無限収納《インベントリ》》から子供達用の革手袋を取り出すと、二人にはめさせる。

明るくして気づいたのだが、ここは岩肌や地面がゴツゴツしていて、尖《とが》っていそうなところもある。なので、何かの際に手を切ってしまわないようにしたほうがいいだろう。

「用が済んだら、その手袋は自分の鞄に入れておいて」

「「わかったー」」

今回の坑道探索が終わっても、手袋はそのまま持たせておこう。

「ほれほれ、奥へ進むぞ」

「「さいしゅ、していいー？」」

いざ奥へ進もうとした時、アレンとエレナがモルガンさんに訴えかけた。

「ん？　採取と言っても、こんな入口の近くじゃ何もないだろう？」

「「あるよー？　あれー！」」

「「はぁ⁉」」

アレンとエレナが示したところは壁の中央より、やや下。

二人の目線くらいの高さのところに、花びらの中央がほんのり紫《むらさき》色の白い花が一輪咲いていた。

「「何でこんなところにシダの花が咲いているんだよっ‼」」

ルドルフさんとモルガンさんが同時に叫ぶ。

シダの花はえっと……見つけると幸運を呼び込むと言われている花か～。普段はもっと薄暗い場所だから、みんな見逃していたのかな？

シダの花と言えば、アンディさんの欲しいものリストにも載っていたな、それも黒の三角で！

「おぉ！　アレン、エレナ、凄いの見つけたな！」

「「えへへ～。おにーちゃん、すごい？」」

「凄い、凄い！　あの花は滅多に見つけられないんだって。それに、いろんな毒に対して解毒効能がある薬草みたいだしな。とても良いものだよ」

それはそうと、もう入窟料を取り戻しちゃった気がするよ。

たぶんだけど、このシダの花一輪で三人分の入窟料数回分にはなるんじゃないかな？

「……何の冗談だよ。まだ坑道に入って数歩だぞ」

「はぁ……タクミ達は本当に予想以上のことをやるな～」

「しかも何だよ、あの三人の反応は？　シダの花は稀少なものだってのに、なんで〝ちょっと手伝いをした子供とそれを褒《ほ》める親のやりとり〟になるんだよ‼」

モルガンさんがそう叫ぶけど、僕はちゃんと驚いたよ？　大勢の人が通る場所に貴重な花が咲いているのにも、それをあっさり見つけるうちの子達にもね！

「諦めろ、オヤジ。というか、きっとこれ以上酷いことになるから、覚悟を決めておいたほうがいいぞ」

「……これ以上って、何をやらかすんだよ？」

「俺が知るわけがないだろう」

「ちょっと、ちょっと！　ルドルフさん、モルガンさん、聞こえていますからね！」

そりゃーね、うちの子達なら採取か採掘で、や、やらかすかもしれないけど……あくまでも可能性だよ？　絶対ではないよ？

「ん？　間違ったことは言っていないだろ？　タクミ達ならどうせやらかすし、俺達のほうに心構えが必要だからな。ほら、今ならミスリルを大量に掘り当てるとかしても問題ないぞ？」

「おぉ！　そりゃあ、大歓迎だ！」

「運が良ければ、アダマンタイトやオリハルコンも見つけるんじゃねぇか？」

「おぉ！　やれ！　それは遠慮なくやらかせ！」

ルドルフさんの言葉に、モルガンさんが期待するような目を向けてくる。

それにしても、アダマンタイトとかオリハルコンとかもやっぱりあるんだな～。まだ見たことがないので、ちょっと見てみたい気がする。

うん、今回はやらかしちゃってもいいかも？

「よっしゃー！　目的地までさくさく進んで、どんどん掘るぞ！」

俄然《がぜん》やる気を出したモルガンさんが歩き出したので、僕達も後を追う。

「「あっ！」」

すると、すぐにアレンとエレナが何かを見つけて少し先まで走っていった。

そしてモルガンさんを追い越して、五メートルくらい先のところでしゃがむ。

「「おにーちゃん」」

二人は戻ってくるとそう言って、手に持つものを差し出してくる。

「アレンね、シランそうをみつけたよー」

「エレナはね、ツーバそうをみつけたの～」

「暗いのによく見つけたな～」

「「みえたー」」

僕が《ライト》で周囲を照らしているとはいえ、さすがに五メートルも先となると薄暗い。それなのに、アレンとエレナは薬草を見つけて走り出したんだよな～。二人は夜目が利くようだな。

「アレン、エレナ、採取するのはいいけど、僕達から見えないところまでは行くんじゃないよ」

「「はーい」」

今回は、僕達が行く先を勝手に決めることはできないので、子供達がどんどん進んでしまわないように注意をしておく。

「……こっちだ」

そんなこんなで、僕達は何か言いたげなモルガンさんの先導で進み、目的地である〝Aの二番〟と書かれた柵を抜けたのだった。


「よし、まずはここら辺で掘るぞ！」

「「ほる～」」

「ほれ、坊主達はこれを使え」

モルガンさんが小さなツルハシを取り出し、アレンとエレナに渡してくれる。

「モルガンさん、いいんですか？」

「何がだ？」

「いえ、道具を貸してくれるって、聞いた時はあまり深く考えなかったんですけれど、モルガンさんの大事なものですよね？　僕達、本当に素人《しろうと》ですよ」

職人さんの道具って大事なものだろうから、それを子供に貸し与えるなんて普通はしないよな？

剣士は自分の剣を他人に貸さないって聞いたことがあるし……それ以上に職人さんのほうが道具を大事にしてそうなイメージがある。

「ははは～、さすがに儂のを貸せと言われたら拒否するから安心せい！　それはうちの見習いに貸す道具だから問題ない」

なるほど、それなら安心して借りられるな。

「ありがとうございます。じゃあ、お借りしますね」

「「がんばるー」」

「おう、頑張れ！　存分に使って大物を掘り当ててくれて構わないからな！」

……モルガンさんの期待がどんどん大きくなっている。

まあ、アレンとエレナはやる気満々だし、僕も何かしらは掘り当てたいと思っているけどね。

「さて、アレン、エレナ、どこら辺を掘ってみる？」

「「うーんとね、あっちー」」

「了解、あっちだね」

「「うん！」」

モルガンさんも作業を始めたので、僕達も掘ってみることにする。

「いきなり思いっきり掘ったら危ないから、ちょっとずつ掘るんだよ」

「「わかったー」」

鉱物が出そうなところの見当の付け方などわからないので、まずは本能の赴《おもむ》くままの場所で掘ってみることにする。

「「えいっ！」」

アレンとエレナが掛け声に合わせてツルハシを振り下ろすと——カツン、と表面の岩が崩れた。

「そうそう、良い感じ。丁寧《ていねい》にね」

「「は～い」」

子供達の作業に危うさを感じなかったので、僕も掘ってみることにする。

「「んにゅ？」」

「ん？　どうした？」

作業を始めてからそんなに経たないうちにアレンとエレナが変な声を出した。

二人のほうを見てみると……崩れた灰色の岩の中に、白っぽい塊が混ざっているではないか！

「うぉ！　本当にミスリルを掘り出しやがった！」

アレンとエレナの反応に気づいたのか、モルガンさんが素早く駆け寄ってくる。

「「みすりるー？」」

「そうだ、ミスリルだ！」

「「すごいー？」」

「凄いぞ！　ここ最近は鉄鉱石ばかりでミスリルはほとんど手に入らなかったんだ！　本当によくやった！」

「「おぉ～」」

モルガンさんが興奮しながら説明してくれる。

「これが出た場所をもっと掘れ！　まだミスリルが出てくるかもしれん！」

「「わかったー」」

子供達とモルガンさんが、今度は仲良く一緒に掘り始めた。

何か……いつの間にか仲良くなったよな。

「オヤジ、いつになく生き生きとしてやがるな～」

周囲を警戒していたルドルフさんは僕のほうに近づいて来ると、モルガンさんの様子を珍しがる。

「そうなんですか？」

「ああ、オヤジは本来ならもっと黙々と作業するタイプだな」

「じゃあ、いつもと逆な感じですね」

今のモルガンさんは、アレンとエレナと楽しそうに会話をしながら掘っている。

「そうなんだよ。オヤジの採掘についてきたことは何回もあるが、あんな姿は初めてだ。それにしても……タクミ達にかかったら、本当にミスリルが出てくるんだな」

「いやいや、僕は掘り出してないですからね!?」

「ちびっ子達のしでかしたことは、連帯責任でタクミのしでかしたことになる」

「えぇ!?」

アレンとエレナが何かをしてしまったら、僕がその責任を取るつもりだ。だけどそれは、失敗とか迷惑を掛けてしまった時の話。間違っても今回のことは違うよね!?

「「なんかでたよ～」」

僕がルドルフさんと話をして手を止めている間に、アレンとエレナはまた何かを掘り当てたらしい。今度は、ミスリルよりも白っぽい鉱石だ。

「どれ？　おぉ、今度は白金鉱石《はっきんこうせき》か！」

僕が【鑑定】する前にモルガンさんが教えてくれた。

白金鉱石って……プラチナのことかな？　いや、ホワイトゴールドか？

「モルガンさん、白金鉱石って金じゃないですよね？」

「ん？　ああ、そういえば、金の中にも稀《まれ》に白いものがあるって聞いたことがあるな。確か、白色金というやつだ。残念ながら、これはそっちではないな」

なら、これはプラチナのほうだな。まあ、どっちにしても宝飾品で使うものだろう。

「しろいの」

「あったよー」

「ミスリルか！」

その後もアレンとエレナはいくつかのミスリルを掘り出し、さらに水晶も掘り当てた。

「それにしても、次から次に本当に凄ぇな。拝んどけば儂にもお零れがくるかな？」

お、拝むって……神頼みか？

あ、でも、アレンとエレナなら拝めば効果がありそうだな。神様の子供だし。

まあ、採掘に関係ありそうな土神様じゃなくて、水神様の子供だけどね～。

「なーに？」

「物は試し、っていうやつだ。おまえさん達は気にすんな」

「……わかったー？」

――って！　モルガンさんってば、本当に拝んじゃっているよ!?

アレンとエレナを拝んで満足したのか、モルガンさんは採掘を再開したので、僕達も作業を続ける。

「アレン、あかいのみつけたー」

「エレナはむらさきー」

今度はアレンが紅水晶《べにずいしょう》、エレナが紫水晶《むらさきずいしょう》を見つけた。どちらも親指の爪くらいの大きさで、とても透明感がある綺麗なものだ。

「あ、こっちにもあったよ」

僕も黒水晶《くろずいしょう》を見つけた。

「おっ、水色もあるな」

「「とうめーい」」

ここら辺には水晶が多いのか、よく見つかる。今見つけた紅水晶、紫水晶、黒水晶以外にも透明の白水晶や黄水晶、茶水晶、赤水晶、他にも緑や青、橙《だいだい》と綺麗なものがたくさん見つかった。色が混じったり模様が入ったりしたものがなく、全部見事に単色なんだよな～。

確か地球では、水晶の色は周囲で採れる鉱物や地熱なんかに影響されるって聞いたことがある。なので、同じ場所でこれほど違う色の水晶が出てくるはずがないんだけど……エーテルディアでは関係ないようだ。

「これは鉄鉱石だな」

あとは鉄鉱石をだいぶ掘り出した。残念ながら僕は、子供達のようにミスリルやプラチナみたいな稀少なものは見つけられなかった。

「よっしゃー！　出た！」

僕達が成果を確認していると、鉄鉱石しか出ていなかったモルガンさんもとうとう何かを掘り当てたようだ。

「何が出たんですか？」

「ミスリルだ！　やっと拝んだ成果が出たかっ!!」

「いやいやいや、拝んだのは関係ないでしょう！　ただのモルガンさんの成果ですから！」

子供達は特に何もしていないからね!?　掘る場所とかを指定したわけじゃないんだから、普通にモルガンさんの実力だよ！

「儂だけじゃミスリルを掘れていた気が全くしない！　ルドルフ！　よくぞ、タクミ達の同行を提案してくれた！」

「オヤジ、まだ塊一つじゃないか。そういうこと言うのは必要な量が掘れた時にしてくれや」

「そうだよな？　まだ掘れるかもしれないんだよな！　おし、どんどん掘るぞ！」

ルドルフさんもどうして否定してくれないかな!?

「ちょっと、ルドルフさん。アレンとエレナの運が良いのは確かですけれど、それは人に移ったりしませんからね！」

「こういうものは気の持ちようなんだよ。プラス思考だと調子が良かったりするし、マイナス思考だと失敗したりする。そういう結果になったことはないか？」

「……ありますね」

確かに、〝駄目だ、できるわけない〟って思っていると、普段ならできるようなことでも失敗したりするよな～。逆も然《しか》り。

「まあ、オヤジのアレは、極端な例だとは思うがな。とはいえ、タクミ。絶対に自分達の強運が影響していないってはっきり言えるか？」

「……」

すみません、言えません。

っていうか、それって肯定も否定もできないだろう？　その質問はずるいわ。

と、そこで、採掘を続けていたアレンとエレナが握り拳大の赤い石を持ってきた。

「「おにーちゃん」」

「きらきら」

「みつけたのー」

「うわ～」

「うおっ、紅玉《こうぎょく》じゃないか。しかも、でけぇーな」

二人が渡してくれたのは、ルビーの原石だ。とんでもないものを見つけたな～。

「ですね。――アレン、エレナ、凄いものを見つけたな～」

「さいくつ、おもしろいね！」

「おもしろい、もっとみつけるの！」

「そっか、面白いか～。でも、もういっぱい見つけたよ？」

僕の言葉に、二人は首を横に振る。

「ダメ！　もっといっぱいみつける！」」

「まあ、楽しいのなら止めないから、もっと楽しみな。でも、怪我はしないように気をつけるんだよ」

「「わかったー」」

子供達は本格的に採掘にハマってしまったようで、とても嬉々としている。まあ、いわば本物の宝探しだし、たくさん見つかっているわけだから……楽しいよな～。

「うはっ！　大量だ！」

しばらくすると、モルガンさんが両腕でミスリル鉱石を抱えて戻ってきた。

顔は紅潮して、とても嬉しそうである。

「おお、出たか」

「ああ！　鉄鉱石もかなり確保できた。いや～、一回の採掘でここまで出たことなんぞ、今まで一度もなかったぞ！」

「なんだ、もう終わりにするのか？」

「まさか！　今日はどんどん掘るぞ！」

モルガンさんはルドルフさんの言葉に首を横に振ると、採掘物置き場に鉱石を置いて、また掘り始める。

「「んにゅ？」」

「アレン、エレナ、どうした？」

「「これ、すいしょうちがーう？」」

黙々と採掘を続けていたアレンとエレナの手に、二人で持ってちょうどいいくらいの乳白色《にゅうはくしょく》の塊があった。一見、白水晶に見えるが、鉱物の類《たぐい》じゃない。

すぐに【鑑定】してみると、それは塩と出た。

「ああ、それは岩塩《がんえん》だな」

「「がんえん？」」

「そう。塩の塊」

「また珍しいものを掘り当てたな～」

子供達が変わったものを掘り出したことに気がついたのか、ルドルフさんが呆れたような声を出す。

「珍しいんですか？」

「ああ、滅多に出てこんな。しかも、ここで出る岩塩は美味《うま》いらしいから、かなり人気だぞ」

「「おいしい!?」」

美味しい、という言葉にアレンとエレナの目の輝きが増す。

「同じ人間が同じ作業で料理を作っても、この塩を使うだけで格段に美味《うま》くなるんだと」

「それは凄い」

確かに、塩によって料理の味が変わるっていうのは聞いたことがある。それと、食材によって合う塩が異なるということも。

であれば、この岩塩はどの食材にも合うということなのかな？　だから料理が美味しくなる、とか？

あ！　巨獣迷宮で出会ったナターリさんが使っていた岩塩ってこれかな？　うん、これっぽい。

「おにーちゃん！」

「ごはんつくって！」

「ん？　そういえば、そろそろお昼か？　ルドルフさん、坑道で料理ってまずいですかね？」

「火を熾《おこ》すのはさすがに止めたほうがいいだろうが、タクミが使うのは魔道具だろう？　それなら問題ないぞ。ぜひとも俺のも頼む」

「わかりました。でも、そんなに凝《こ》ったものは作りませんからね」

「俺の分があるなら文句はないさ」

さて、じゃあ、何をつくろうかな？

「アレン、エレナ、その塩は使っていいのかな？」

「「うん！　つかって！」」

岩塩はまだ子供達が持っていたので、それを受け取る。

やっぱりこの岩塩を使ってみたいよな～。シンプルに肉に削った塩をかけて焼いて、野菜と一緒にサンドイッチとかでいいかな？

「『てつだう－？』」

「簡単なのしか作らないから大丈夫だよ。二人は休んでな」

「『じゃあ、ほる－！』」

「え？　疲れていないかい？」

「だいじょ－ぶ！」

「しお、みつける－」

二人は元気いっぱいにそう言って、採掘を再開しに行ってしまった。

本当に美味しいかどうか、味を確認してからでも遅くないとは思うんだけど……まあ、張り切っているからいいか。ご飯ができれば必然的に休憩するだろう。

子供達を見送った僕は、早速準備を進めていく。

「さて、作るか」

具は……肉、そうだな～、鳥系にしてチキンサンドにでもするかな。シンプルに塩を振って焼いて、あとはレタスとマヨネーズも挟むか。

あ～……でも、マヨネーズを使ったら、塩の味がわかりづらいかな？　でも、マヨネーズを使ったほうが好きだしな～。

よし、塩味がわからなかった時は、わからなかった時に考えよう！

「鳥系の肉はえっと……」

あっ！　肉迷宮で大量に手に入れたコカトリスの肉があったな。

「おっ、良い匂いだな」

肉を焼き始めると、ルドルフさんが近くに寄って来た。

「タクミ、何の肉を焼いているんだ？」

「えっと……コカトリスです」

「……」

一瞬悩んでから答えたら、ルドルフさんが黙り込んでしまった。コカトリスはBランクの魔物だったよな？　やっぱり駄目だったか？

そう言えば以前、普段食べる肉についてルーウェン家で話した時、Bランクの魔物肉は貴族でも奮発して食べるものだって聞いたっけ。

「言うのを躊躇《ためら》ったくらいだから、普通じゃない肉を使っているっていうことはわかっているんだな？」

「Aランクの冒険者って普段、Bランクの魔物の肉を食べたりしないんですか？」

冒険者って自分で魔物を仕留めるから、トップクラスの冒険者ならBランクの魔物肉を食べていてもそんなに珍しくないかな～、なんてちょっと思ったりもしたんだけど……。

「奮発して食べることもあるが、普段は滅多に食べないぞ」

「……そう、なんですね」

貴族と変わらないんだな。

「ああ、うん、タクミ達が普段から良い肉を食べていたとしても問題ないぞ。ただ、それが普通じゃないという認識だけはしておけ」

「……了解です」

今度から人にご飯をご馳走する時は、お肉はCランクまでにしたほうがいいってことだな！

「お、そろそろ良い頃合いなんじゃないか？」

「そうですね、焼けましたね」

そんな話をしているうちに、肉も焼けたので仕上げにかかる。

細長い白パンに切り目を入れて、そこにレタス、焼いた肉、マヨネーズを挟んでいき、ホットドッグ状にした。

「ルドルフさん、モルガンさんを呼んできてくれませんか？」

「ああ、わかった」

「アレン、エレナ、おいで。ご飯ができたから休憩にするよ」

「「はーい」」

呼び掛けてすぐに作業を中断して駆け寄って来る子供達に、まずは《ウォッシング》をかける。

「ちょっと手袋を外してみて。手のひらは痛くなっていないかい？」

「「だいじょうぶだよ？」」

そこそこの時間ツルハシを振り続けていたので、皮が剥けたりマメができたりしていそうだ。そう思って手袋を外してみたが……。

「本当に問題なさそうだな」

「「うん、もんだいない！」」

「おいおい、柔らかそうな手なのに赤くもなっていないのかよ」

「そうなんですよね。不思議なことに何の変化もありませんね～」

ルドルフさんが驚くのも無理はなかった。あれだけ作業したにもかかわらず、二人の手は、いつものようにつるつるふにふにで、触り心地抜群だったのだ。

「まあ、身体が丈夫なのは元からですから。それよりも、温かいうちにご飯を食べませんか……って あれ？　ルドルフさん、モルガンさんは？」

さて、食べよう……と思ったが、ルドルフさんは戻ってきていたのに、モルガンさんの姿がなかった。

「オヤジはあっちだ。呼び掛けたんだが、声が届いていないみたいだ」

「声が届かないって……そんなに集中しているんですか？　作業している時はいつもそうだったら、

何か緊急事態が起こった時に危ないですよね？」

「坑道では初めてじゃないかな？　まあ……今日は当たっているから、仕方がないと言えば仕方がない」

ああ、確かにミスリルが出た時、モルガンさんはとても嬉しそうにしていたからな～。少しでも多く採掘しようと集中しているのだろう。

「……ん？　ルドルフさん、今『坑道では』って言いました？」

「工房じゃ、寝食を忘れて作業に没頭するのはよくあることらしい」

「……そうですか」

まあ、職人ならそういうこともあるのだろう。

どこかで作業の切れ目があると思うから、モルガンさんにはそのタイミングで食べてもらうことにしよう。

「じゃあ、先に食べますか。——はい、アレン、エレナ。ルドルフさんもどうぞ」

「「わーい。おいしそ～」」

「うおっ、美味《うま》そうだな。それじゃあ、早速……」

アレン、エレナ、ルドルフさんにチキンサンドを手渡すと、三人ともすぐに齧りつく。

「「おいしい～」」

「うめぇ～」

「「うめぇ〜?」」

三人とも感嘆の声を出すが、アレンとエレナは何故かルドルフさんと同じ言葉に言い直した。

「アレン、エレナ、『うめぇ』はやめなさい。わざわざ言い直さなくていいから」

さすがに「うめぇ」は止めてほしいかな。

「「めぇ〜?」」

「……鳴き声の真似なら可愛いからいいんだけどね」

ヒツジやヤギの鳴き真似なら……まあ、いい。

「いや、これは本当にうめぇーわ!」

「ルドルフさん、ルドルフさん。子供達が真似するので『うめぇ』は極力控えてください」

「おお、すまん。あまりにも美味《うま》いんで言葉が崩れたわ。気をつける」

「ありがとうございます。まあ……口に合ったようで良かったです」

「いや、これは本当に美味《うま》いわ! だがな、タクミ、料理の選択を間違えたんじゃないか? コカトリスの肉は美味《うま》いし、この組み合わせはパンに合うから、塩が美味《うま》いかどうかがわからねぇぞ!」

……そうだな、ルドルフさんの言う通りだ。塩は美味しいといえば美味しいのだが、料理が格段に美味しくなったのかと聞かれれば、首を捻《ひね》るしかないだろう。

「おにーちゃんのごはんは」

「いつもおいしい」

アレンとエレナの言葉に、ルドルフさんは頷く。

「タクミが作ればどんな料理だろうと美味しいのはわかっているぞ。今はさっき掘り出した塩が美味しかったかどうかって話だ」

「「しおー？」」

「そうだ、塩だ。いつも使っているやつとの違いはわかったか？」

「「……おいしい？」」

ルドルフさんの問いに、アレンとエレナは首を捻りながら答える。

「アレン、エレナ、わからなかったら、わからなかったでいいんだよ？」

「「わからなかった！」」

「うん、正直でよろしい！」

「「わーい！」」

アレンとエレナにも塩の違いはわからなかったようだ。

まあ、塩だけでそんなに劇的に変化があったら驚きだから、それも当然かもしれない。

「同じ料理を塩だけを変えて作って、味比べをすれば違いはわかるかな？」

「それは面白そうだな。その時は俺にも声を掛けてくれ！」

「「おもしろそう！」」

三人がキラキラした目で見てくるが、僕は首を横に振る。

「言っておくけど、すぐにはやらないからな」

「「えぇ～」」

「じゃあ、もう採掘は止めて、帰って料理をするかい？」

僕の言葉にアレンとエレナは、はっとした表情をする。

「「だめー」」

「だろう？　だから、料理はまた今度な。もう少し休憩してからまた掘ろうか」

「「うん！」」

その時ようやくモルガンさんが、僕達がご飯を食べていることに気がつき、「ずるいぞ」と言いながら駆け寄ってきた。


「さて、そろそろまた掘り始めるか？」

「「はじめる～」」

モルガンさんが絶賛しながらチキンサンドを食べる横で、お茶を飲みながら休憩を続けた僕達は、そろそろ採掘を再開させようと思い立ち上がった。その時――

「「うにゅ？」」

ラグビーボールくらいの真っ白いものが、僕達の足元を通り過ぎた。

「「ねずみー？」」

「うん、ネズミだな。凄く綺麗な白いネズミだった」

確かあれは……デビルラットだったかな？　あまり大きくはないが、さらっさらで真っ白な毛皮が貴族にとても人気のある魔物だ。

「おっ、腹黒ネズミじゃないか！　今、ここら辺は良い匂いが充満しているから、誘われてきたか？」

「はら……え？」

今、ルドルフさんは腹黒と言ったか？

それに、匂いに釣られてって……チキンサンドの匂いだよな？

「ルドルフさん、匂い云々《うんぬん》はともかく、今の魔物はデビルラットですよね？　名前に似つかわしくない見た目ですけれど……」

真っ白い毛並なのに悪魔と名づけられた理由が、皆目《かいもく》見当もつかないんだよな。

「タクミ、見た目に騙《だま》されるなよ。あいつはもの凄くずる賢くて狡猾《こうかつ》な魔物なんだよ」

「え？　そうなんですか？　だから〝腹黒〟ですか？」

なるほど。じゃあ、悪魔っていうのは性格から名づけられた感じかな？

「そういう意味合いもあるが……あいつの腹の中というか、毛皮の内側が何故か真っ黒なんだよ」

「えぇ？」

毛皮の内側が真っ黒って……地肌が黒いのとはまた違うよな？　剥いだ真っ白な毛皮の裏側が黒

いってことか？

「「わ、わっ」」

デビルラットは、今度はアレンとエレナの間を通り抜けていった。

「「まてー」」

思わずといった風に、アレンとエレナがデビルラットを追いかける。

だが、逃げ足が速い上にちょこまかしているので、二人でも捕まえられないようだ。

「……逃げていますけど、この場から去ることはしないんですね」

閉じ込めているわけではないので、僕達の目の届かないところへ逃げることは可能だ。

だというのに、デビルラットはここら辺をぐるぐる逃げ回っている。

「匂いの元を探っているんじゃないか？」

「いやいや、さすがにそれはないですよ」

「わかんねぇぞ」

僕はないと思うんだが、ルドルフさんはかなり自信あり気な様子である。

「「まてまて～」」

「アレン、エレナ、実害はなさそうだから、放っておいてもいいよ？」

「「もうちょっと～」」

相変わらず逃げ回っているデビルラットを追い回す子供達。

「あいつはなかなか姿を見せないんだが……本当に見逃していいのか？　毛皮は人気だから高く売れるぞ？」

「そうみたいですけど……あの子達でも捕まえられそうにありませんからね～」

「あ～……デビルラットは普通、罠《わな》で狩るからな。にしても、凄い勢いで追いかけているのに、捕まえられる気配がねぇな」

「はい。まあ、二人は追いかけるのを楽しんでいる感じですけどね」

アレンとエレナは「『きゃあ、きゃあ』」と言いながらとても楽しそうである。

しかしそれも、それほど長くは続かなかった。

「『あれぇ～？』」

何故なら、逃げ回っていたデビルラットが自ら壁に激突して動かなくなってしまったからだ。

「……え？　じ、自滅した？」

「『じめつ～？』」

予想外過ぎる出来事に、僕達は呆然《ぼうぜん》としてしまう。

「えっと……気絶しているだけかな？」

「いや、ありゃー絶命しているな」

「……あのデビルラットはどうしますか？」

僕がそう聞くと、ルドルフさんは肩を竦《すく》める。

「デビルラットを追い回していたのは子供達なんだから、子供達の戦利品でいいんじゃねぇか？」

「……それはこじつけですよね？」

「俺はそれで異論はないし、オヤジも文句ないと思うぞ。な？」

「おうよ」

ルドルフさんの問いに、モルガンさんは即座に同意する。

価値あるものだけど……押しつけられている感が満載である。

「タクミ、一匹でもギルドに持って行けば喜ばれるぞ」

「それはそうだと思うんですけど……」

「あるいは、そうだな〜。子供達の服の装飾にでも使うか？　襟巻《えりまき》とかいいんじゃないか？」

「……悪目立ちしますよね、それ」

貴族が欲しがっている毛皮でできた襟巻って……下手したら目をつけられるよな？

アレンとエレナが身に着けたら絶対に可愛いと思うけれど、駄目だと思う！

「はぁ……それじゃあお言葉に甘えて、ギルドに売ることにしますよ」

「おう、そうしろ、そうしろ」

《無限収納《インベントリ》》の肥《こ》やしにしてもいいかと思ったが、ルドルフさん達に見られているわけだし、下手に秘蔵するのは止めておこう。

悪気がなくてもルドルフさんかモルガンさんがポロッと話題に出しちゃって、その時にまだ僕が毛皮を持っていたら面倒に巻き込まれるからね！

「「あっ！」」

「アレン、エレナ、どうした？」

「また」

「きたの～」

「え？」

アレンとエレナの視線の方向に目を向ければ、またしてもデビルラットが徘徊《はいかい》していた。

本当に匂いに誘われて来ているんだろうか？

「アレン、エレナ、一応、言っておくけど、見た目は可愛くても中身は狡猾だっていうから、ペットにはしないからね」

とりあえず、僕は子供達にパステルラビットの時のようにペットにしたいと言われる前に断っておく。

「「こうかつー？」」

「狡《ずる》いとか、悪質じゃ……わからないか？　えっと……とにかく、性格がもの凄く悪いんだって」

「「たおすー？」」

「逃げ回るのは上手いから放っておこう。ここじゃ下手に魔法とかは使えないからね」

迷宮の中みたいに魔法を乱発したら崩れかねないので、そこも注意しておく。

「ほらほら、時間がなくなるから、すぐに採掘を再開するよ～」

「「はーい」」

「さて、儂ももうひと掘りするか！」

元気よく返事する二人と一緒に、モルガンさんも採掘に戻っていった。


午後からの成果もなかなかなものだった。

大量の鉄鉱石、少しだがミスリルもまた出たし、宝石の類《たぐい》もそこそこ採掘できた。

そして何より、岩塩ががっぽりと掘り出された。

さらにさらに、何故か壁に激突したデビルラットが一匹追加された。というか、ルドルフさんに押しつけられた。

「豊作だったわい！」

「本当にそうですね～」

夕日が沈む前に、僕達はほくほくとした気持ちでモルガンさんの工房へと戻る。

「あっ、そういえば、採掘したものをモルガンさんに売るって約束していましたよね？　どうしたらいいですか？」

「あ～、そうだったな。だが、儂もおまえさん達のお蔭でこの通りだしな～」

モルガンさんはそう言って、今日の戦利品を鞄から取り出しながら並べた。

彼もかなり収穫があったので、わざわざ僕から買い取る必要はなさそうだ。

「儂が独り占めするのもなんだしな～。そうだな、全部とは言わんが、ギルドにでも売却して少し市場に流してくれんか？　今は鉄鉱石でも不足気味だからな」

「わかりました。じゃあ、デビルラットと一緒に適当に売っておきます」

「おう、そうしてくれ」

どうやらこの手の鉱物はどれも品薄らしいので、僕は了承する。

とりあえず、売るものはちゃんと吟味するよう気をつけないといけないな。まあ、慌てて売る必要はないので、ゆっくり考えてからにしよう。

「あ、そうだ。道具を返さないと！　あと、ナイフの代金を支払わないといけませんね！」

帰る前にやらなきゃ、と思ったのだが、モルガンさんが首を横に振った。

「貸していた道具はそのままやる。ナイフの代金もいらん！」

「いやいや、道具に関しては買おうと思っていたので、譲っていただけるのならちゃんと代金は支払いますよ！　もちろん、ナイフも！」

「食事を作ってくれた礼だ！　そう言えば受け取るか？」

「え……でも……」

それでも僕が貰うことを渋っていたら、モルガンさんがチキンサンドに使った材料――コカトリスの肉の代金を支払うと言い出した。

仕方ないので、それを全力で拒否し、道具類を貰うことにしたのだった。

「ありがとうございます。大事に使いますね」

「大事に使えば道具は長持ちするからな。そうしてくれ」

また機会があったら一緒に採掘に行こうと約束して、僕達は宿に戻ることにした。

第五章　要求に応えよう。

「おはよう」

「「おはよ～」」

翌朝、僕が目を覚ますとアレンとエレナは既に起きていて、僕の顔を覗き込むようにうつぶせになって足をパタパタさせていた。

「相変わらず早いな～。ちゃんと眠れたかい？」

「「うん！」」

二人は元気よく頷く。

「いっぱい」

「ねたの～」

「そうか。じゃあ、筋肉痛とか痛くなっているところはないか？」

「「な～い」」

採掘でいつもと違う筋肉をたっぷりと使ったが、二人とも身体に変調はないようだな。

「素材の売却は保留だけど、今日はギルドに手紙を出しに行って、それから……神殿にも顔を出しておくか」

「「てがみー？」」

「そうだよ。ケルムの街に着きました～ってね。そうだな……お城とマティアスさん、レベッカさん宛に三通。文字を書く練習になるし、アレンとエレナも書くかい？」

「「かくー！」」

「じゃあ、ご飯の前に手紙を書いてしまおうか」

「「うん！」」

手紙の内容はざっくりとした近況報告のみだから、すぐに書き終わるだろう。

紙とペンを用意してあげると、アレンとエレナは一生懸命に文章を考えて、丁寧に文字を書き始める。ただ、この世界でペンといえば羽根ペンで、インクをつけながら書くことになるので少々書きづらそうだ。

「「えっと……」」

まあ、僕もあまり使い慣れていないんだよな～。ボールペンや万年筆はないかもしれないが、鉛筆なら探せばあるかな？

あ、鉛筆と言えば色鉛筆もいいな。それに絵の具とかがあれば、子供達が絵を描いたりするのに良さそうだ。それも併せて探してみよう。

手紙を書き終わったところで食堂に行くと、既にルドルフさん達――『ドラゴンブレス』の四人が食事をしていた。

「あ、おはようございます」

「おう、タクミ、おはよう」

手招きされたので同じ席にお邪魔させてもらい、食事を注文する。

「皆さん、早いですね～」

「今日は依頼を受けるからな」

「そうなんですか？　でも、武器を整備に出しているんじゃなかったんですか？」

「予備の武器で十分な依頼しか受けないから大丈夫さ。それよりも、ずっと何もしないで身体が鈍《なま》ったほうがヤバいからな」

ルドルフさんの言葉に、僕は納得する。確かに、鈍った身体を戻すのは大変だと聞くからな。

「タクミ達も早いな。子供達は疲れていないのか？」

「全然、問題なさそうです」

「ほぉ～、やはり丈夫だな。で、今日はどうするんだ？」

「とりあえず、冒険者ギルドに行きます」

「ギルドへ、ってことは昨日のやつを売りに行くのか？　ちゃんと選別したか？」

僕達の今日の予定を聞いたルドルフさんが眉を顰《ひそ》めた。

「「てがみかいた～」」

「手紙？」

「はい、今日は手紙を出しに行くだけで、素材を売却する予定はないんですよ」

「そうか。驚かせるなよ」

慌てて詳しく説明すると、ルドルフさんは凄くほっとしたようだ。

僕が下手なものを売って、大騒ぎになるんじゃないかと心配しているのかな？

彼にとって僕って、〝目を離すと何かをやらかす、手の掛かる弟〟って感じなんだろうな。

頼りがいがあるとは自分じゃ言えないけど、もうちょっと信用して欲しいな〜。

「お兄ちゃん、お待たせ」

「イリスちゃん、ありがとう。朝からお手伝いして偉いね。って、ピザ!?」

「『わ〜い。ぴざだ〜』」

どこの街の宿でも、夕食ならいくつかの種類から選べる一方で、朝食は一択のところが多い。

そしてその朝食の大抵は、具だくさんのスープとパンという組み合わせだ。

しかし、今日の朝食は具がたくさん載ったピザと具なしのスープだった。

「えっとね、お客さんがね、朝ご飯に出して欲しいって」

「なるほど〜」

一昨日の晩から店で出し始めたピザは、こういうリクエストが出るほど好評のようだ。

「ん？　何だ、俺達に出たものと違わないか？」

「え？　そうなんですか？」

「俺達が食べたやつに載ってたのは、タシ葱とマロ芋にコマ切れのベーコンだったな」

僕達に提供されたピザにはタシ葱、黒っぽい野菜、厚切りのベーコンと……赤い実？　二つほど知らない食材が載っているな～。

「明らかに違いますね」

「それは夜に出しているやつなの。お父さんね、お兄ちゃんに自分が作ったものを食べて欲しかったんだと思うわ」

「ああ、そういうことか」

そういえば、ダンストさんにどんな具材を載せてピザを作るか楽しみにしていますって言ったっけ。

昨日はモルガンさんの工房を出てから、ご飯を済ませて宿に戻って来ちゃったもんな～。

「じゃあ、追加料金を払ったほうがいいかな？」

「ううん、いらないよ。お父さんがね、えっと……〝せいさくしゃとくてん〟？　って言っていたよ！」

「製作者、特典？　……そっか。じゃあ、ダンストさんにお礼を言っておいてくれないかな？」

「わかった」

理由がわかったところで、別のお客さんに呼ばれたイリスちゃんはきびきびと注文を聞きに行った。

「「たべていいー？」」

「そうだね。冷めないうちに食べよう。でも、その前に――」

僕達の前には三人前の食事が並べられている。大人が満足できる量でだ。

なので、僕はアレンとエレナの前に置かれた四等分にされたピザのうち、それぞれ二切れずつを除けた。間違いなく多いからな。

「アレン、エレナ、いいよ」

「「いただきまーす！」」

早速食べ始めた二人を尻目に、除けたピザはルドルフさん達に差し出す。さっきから羨《うらや》ましそうに見ているし。

「子供達には多いので、良かったらどうぞ」

「「「いいのか⁉」」」

「いいの⁉」

僕が頷くと四人とも大喜びしながら食べ始めたので、僕も朝食に手を付ける。

「うん、美味しい」

ダンストさんが作ったピザはとても美味しかった。

エーテルディアでは初めて見たが、黒い野菜も赤い実もピザにはぴったりだ。

「初めて見たんですけれど、この黒い野菜と赤い実って何ですかね？」

「アスパルとオリブの実だな。これもチーズに合うな～」

なるほど、黒い野菜はアスパラ、赤い実はオリーブか。

じゃあ、お店で探して手に入れておかないとな！　また《無限収納《インベントリ》》の中身が増えてしまうが、この世界では欲しい時に欲しいものが手に入るとは限らないから、機会があったら買っておくことにしている。

そうして食べ終わった頃、ダンストさんが感想を求めて厨房から出てきた。

「タクミ、どうだった？」

「とても美味しかったですよ。具材の組み合わせがとても良かったですしね」

「……そうか。そうか！」

素直に思ったことを伝えると、ダンストさんは表情を少し緩める。

「ダンストさん、嬉しそうですね～」

「ああ、必死に隠そうとしているが、一目瞭然《いちもくりょうぜん》だな」

「うるせぇ！　お前ら、食い終わったんなら、さっさと行けっ！」

アイリスさんとルドルフさんがからかうように言うと、ダンストさんが声を荒らげた。

照れ隠しだと思うんだが……何故か僕達も一緒に追い出されてしまった。まあ、出かける予定だったからいいんだけどね～。

結局、依頼に出かけるルドルフさん達と途中まで一緒に移動し、ルドルフさん達は街の外へ、僕達は冒険者ギルドへと向かった。

ギルドの建物に入った僕達は、早速受付へと向かう。

「「おてがみおねがーい」」

「はい、手紙の配送ですね。お預かりします。えっと、宛先は……えぇっ⁉」

手紙を受け取ったギルドの職員さんは、宛先を確認して、目を見開いて固まってしまった。やはり宛先が城というのは……駄目だったかもしれない。

一応、トリスタン様やグレイス様宛にはしないで、アル様宛にしてみたんだけどな～。

マティアスさん宛の手紙に同封したほうが良かったかな？　と思ったものの、正気に戻った職員さんが配送の手配を進めてくれたので、そのまま手続きをしたのだった。

手紙を出し終わった僕達は、次に神殿へ向かった。

（シル～）

（巧さん！　待っていました！）

いつも通り、子供達にちょっと待つように言ってからシルに声を掛けると、張り切った様子のシルの声が届いた。

（待っていた？　何か急用でもあったか？　あ、水神様が帰ってきたとか？）

（いえ、ウィンデルはまだ帰ってきていないんで――はっ!!）

シルがあまりにもうきうきした様子だったので、軽い気持ちで以前から気になっていたことを聞いてみたら、見事に引っ掛かってくれた。

だいたい、僕がアレンとエレナと出会ってからこれまで、何の音沙汰《おとさた》もないのが不思議でならなかったのだ。

一見、関係が薄いと思われる火神様と土神様から契約獣が送られてきたり、アイテムを貰ったりしたのに、だよ？　まあ、水神様の眷属からの動きはあったけどさ。

それに、シルがチョコレートを気に入ったっていう、前回神殿に来た時の会話。

あの時はアレンとエレナの誕生日のことで頭がいっぱいだったが、よくよく思い出してみると、創造神のマリアノーラ様、火神のサラマンティール様、土神のノームードル様の四人で食べたとシルは言っていた。

最初は、水神様は甘いものを好まないのかと思ったけど、それだったらシルはそう言いそうだ。なので、水神様は不在なのではないかと思っていた。

で、カマを掛けてみたんだが……やはり水神様は不在で、どこかに行ったきり帰ってきていないようだな。

（た、巧さん!?　し、知っていたんですかっ!?）

（いや、ただの予想？　だけど、シルのお蔭で確定したな～）

（何てことだ……）

がっくり項垂《うなだ》れているシルの姿が思い浮かぶな。

（あ、前にシルは〝言えない〟みたいな感じだったけど、今の発言で何か罰を受けたりするか？

誘導尋問みたいなことをした僕が言うのもなんだが、誰かに弁明とかしたほうがいいかな？）

（いえ……大丈夫です。何も聞かずにいてくれた巧さんでも、双子の親であるウィンデルからほぼ
一年も連絡が来なかったらおかしいと思うでしょうしね～）

（まあな。で、どこに行っているんだ？）

（えっと……それは……）

シルが言い淀《よど》む。うん、言えないんだな。

（け、見聞を広めるための……し、視察ですかね？）

（何で疑問形なんだよ。いいよ、無理しなくても）

（……すみません）

言えないならそう伝えてくれればいいのに。まあ、シルらしいと言えばシルらしいけど！

（じゃあ、水神様のことは終わりな。で、話を戻すけど、シルは何で待っていたんだ？）

（あ、そうでした！　僕、巧さんに渡したいものがあるんです！）

（渡したいもの？）

（はい、遅くなりましたが、子供達の誕生日の贈りものですね。とは言っても、子供達が喜びそう

なものは思いつかなかったので、巧さん達の役に立ちそうなものを用意しました！）

——ピロンッ♪

最近ではあまり聞かなくなった音が脳裏に響いたので、僕はアイテムリストを表示させて内容を確認する。

（おっ、魔法薬じゃないか！）

シルがくれたものは、ポーションにマナポーション、ヒーリングポーション、解毒用のポーションだった。それも中級と上級のものをそれぞれ複数本も！

（ありがとう、シル。ちょうど、探していたところだったんだ！）

（喜んでもらえたようで、僕も嬉しいです。巧さんも子供達も怪我はしにくいと思うんですけど、やっぱり所持しているだけで安心しますからね～）

（そうなんだよ。今まで大きい怪我や病気はしなかったけど、どこで何が起こるかわからないからな～）

子供達への誕生日プレゼントと言われれば微妙なものかもしれないが、役に立ちそうなものとしては一級品だ。

（あ、贈りものと言えば……この前大量のモウのミルクとコッコの卵が送られてきたのはなんだったんだ？）

（あ、あれは……）

（あれは？）

（マリアノーラ様からです）

（はぁ!?）

てっきりシルからだと思ったら、マリアノーラ様から？

（実は、僕が贈りものを何にしようか悩んでいる時に、マリアノーラ様が贈りものを用意してくださると仰ってくれて……）

（それでミルクと卵？）

ミルクと卵って……ま、まさか、アイスクリームが食べたいからか!?

タイミングからしてアイスクリームを頼まれた時……いや、アイスクリームを送った後か。

マリアノーラ様が甘いものが好きっぽいのはわかっていたけれど、そんなになのかな？

（もの凄く好きだと思います。この間、アイスクリームをいただいた時は歓喜していましたし。

えっと……コーン？　というものがないのが残念だが、三段アイスクリームに挑戦できるって）

だから……ナチュラルに心を読まないで欲しい。

それにしても……コーン？　間違いなくあれだよな？　円錐形《えんすいけい》の……シュガーコーンとかワッフルコーンとかのコーン。

ってか、マリアノーラ様は何でコーンなんて知っているんだ？　エーテルディアにはないよな？

（マリアノーラ様って、何故か地球の食べものをよくご存じなんですよね～）

（……そうか）

だから！　心を……もういいか。

（コーンはさすがに作れないな。材料もだけど、作り方がわからないから）

クッキー系でそれっぽいものなら……できないことはないか？　でもまあ、あえて作る必要はないか～。

（そうなんですね。でも、コーンっていうものがなくてもアイスクリームは十分に美味しかったですよ！　あ、僕はミルク味が好きです！）

（そうか。じゃあ、次にまたアイスクリームを送る時はミルク味がいいかな？）

（また送ってくれるんですか⁉　ミルク味もまた食べたいですけど、他の味も美味しかったですし、確かまだ別の味もありましたよね？　それも食べてみたいです～）

シルはあれこれ真剣に悩みだした。しかも、僕が作ったことのあるアイスクリームの種類はしっかりと把握《はあく》しているようだ。

アイスクリームって今、何種類くらいあるんだっけ？

えっと……ミルク、蜂蜜、イーチ、カヒィ、紅茶、ミルクティー、オレン、あずき、ゴマ、ブランデーククル、ミント、チョコレート、チョコチップ入りミルク、チョコチップ入りイーチ、チョコチップ入りチョコレート、木の実入りミルク、マロー入りミルク……で全部かな？

うわ、十七種類？　意外と作ってたな。

やりすぎな気もするけど、まだまだ作りたい味はある。

キャラメル味にきな粉味、あとはクッキー入りとか、木の実をペーストしたナッツ味とか、チーズ味とかも作ってみたい。

（チーズもアイスクリームにできるんですか？）

（……）

……またか。自分の考えに集中していたはずのシルだったが、僕の考えていることを見逃さない。

（チーズの種類とか濃度で味がだいぶ変化するだろうから、好みのものかどうかはわからないけれど、作ることはできると思うぞ）

（へぇ～、そうなんですね～。あ、チーズと言えば、ピザっていうものもとても美味しそうでしたね。あれも巧さんの世界の料理なんですか？）

（そうだよ。興味があるのは甘いものだけだと思っていたけど、そうでもないんだな？）

（全部興味ありますよ～。だって、巧さんが作るものってどれも美味しそうなんですもん）

シルが僕達の様子を確認するのはたまにだと思っていたけれど……意外と観察しているんだろうか？　まあ、害はないからいいけどさ～。

（ピザならすぐに送れるな。シル、食べるか？）

（いいんですか!?）

（いいよ。ただし、二枚しかないからな）

ダンストさんの厨房を借りてピザを作った時、多めに焼いて《無限収納《インベントリ》》に入れておいたものをシルに送る。

（うわぁ、うわぁ！　巧さん、ありがとうございますぅ～）

（ピザは熱々のうちに食べたほうがいいぞ、冷めたら美味しさ半減だ。じゃあ、僕はもう行くから、食べてみてくれ）

ピザを堪能してもらうために今日はもう帰ろうとしたところで、シルに止められる。

（巧さん、ま、待ってください！）

（ん？　何だ？）

（あの……もう少しで巧さんがエーテルディアに来て一年ですよね）

（あ、うん、そうだな）

（おめでたい……と言って良いかはわかりませんが、巧さんにも贈りものがしたいんです。それで……何か欲しいものはありませんか？）

シルは少し後ろめたそうである。僕がエーテルディアに来たのはシルの失敗が原因だし、まあそうなるか。

それにしても、一周年記念の贈りものか……ん？

（ああ、ある意味、僕の誕生日ってことか？）

（……です）

なるほど、アレンとエレナの誕生日の贈りものをしたから、僕にもってことかな？

ここは素直に何か頼んだほうが、シルの気が済むだろうか。それなら、そうだな〜……。

（あっ！）

（何か欲しいものがありましたか!?）

（うん。シル、魔力紙って手に入るか？）

手に入れたくてもなかなか手に入らないものがあった！　欲しいものと言えば、これだ！

王都を出る時、魔力紙の開発がどうなったのか、トリスタン様から教えてもらった。

報告がないという話だったが、どうやら魔力を纏った紙らしきものは作ることができたんだとか。

だけど、紙質はかなりボロボロで、本物の魔力紙にははるかに劣る出来だったらしい。

そして、魔力紙の原料の大元はガヤの木で間違いないが、他にもいくつかツナギになる原料を混ぜ合わせる必要があると結論づけたそうだ。

今はその混ぜものを試行錯誤《しこうさくご》している状況で、完成の目途は立っていないらしい。

となれば、素直にシルに贈ってもらった方がいいだろう。

（魔力紙ですか！　はい、大丈夫です！　いっぱい用意して近いうちに送りますね！）

（本当か？　それは嬉しい！）

これで心置きなく子供達の写真を撮ることができるようになるな！

気分が良くなった僕は、追加でミルクアイスをシルに送ってから、子供達を連れて神殿を後にしたのだった。

◇　◇　◇

そして翌日。僕達は北門の前にいた。

というのは、昨日は大きな収穫があったからだ。

アスパルとオリブの実という新しい食材を発見し（もちろん、お店で見つけて即購入した）、神殿では探していた魔法薬を貰い、さらに手に入れたいと思っていた魔力紙まで、夕方には大量に送られてきた。

僕はほくほくしながら、この幸せな気持ちを他の人にもお裾分けすべく、この街に来た目的である鉱山特有の薬草採取に出向くことにした、というわけだ。

「今日は山の周りで薬草の採取をします！」

「「おぉ～！」」

薬草を見つければ、アンディさんや冒険者ギルドの職員、ひいては薬草を欲している人が喜ぶだろう。

北門を抜け、坑道ではなく山を登れそうな方向に進めば、ほとんど人の気配がなかった。

街からそんなに離れているわけではないけれど、これ幸いとジュール達を呼び出す。

《わーい、お出かけ？》
《兄様、今日は何をする予定なの？》
《山の中みたいですね？》
《お散歩？》
《きっと採取なの！》
ジュールとフィートは気を使って小さい姿で出て来てくれるが、周りに人がいないことを確認すると元の大きさに戻る。
「マイルが正解！」
「種類は問わないけど、ここで薬草を採取するんだ。一緒に探してくれるかい？」
《やったなの！》
《もちろんなの！》
マイルだけではなく、他の子達も薬草探しを了承してくれ、早速、僕達は山を歩き出した。
《兄様、森にはなくて鉱山にだけ生えている薬草が欲しいのよね？　特にどんなものが欲しいとかあるのかしら？》
「そうだな～、火炎草とテング草は確実にあると思うから、お願い。あとは運が良ければ、月詠草《つくよみそう》とか、みわくの花が見つかると思うんだよね～」
火炎草とテング草は鉱山に生えている薬草の中ではわりとよくあるもので、月詠草とみわくの花は〝ちょっとレア〟くらいのものだ。
《あら、それなら知っているから探しやすいわ～》
《うん、ボクも知ってる！》
「アレンもわかるー」
「エレナ、しってるー」
《ぼくもわかります》
《えぇ～、オレ、わかんな～い》
《わたしも大丈夫なの！》
今挙げた薬草を知らないのは、ベクトルだけみたいだな。
「じゃあ、ベクトルは周りを注意して、魔物に対処してくれるか？」
《オレ、そっちのほうがいい！　わかった！》
薬草探しではなく違う仕事を割り当てたが、寂しがる様子はなく、むしろ喜んでいた。
細々したことよりも身体を動かすほうが好きなベクトルらしいな。
まあ……若干二名と一匹（アレン、エレナ、ジュール）も、少しだけ羨ましそうにしていたが。
薬草採取も嫌いじゃないので不満を言い出すまではなかったようだ。
「とりあえず、ここから薬草を探しながら山を登るぞ」
「《《《《はーい》》》》」

僕達は早速、周囲を探索しながら山を登る。
「「あっ！」」
歩き始めてすぐにアレンとエレナが何かを見つけたらしく、駆け出していく。
「てんぐそう」
「あったよー」
もうテング草を見つけたのか。いつものことだけど早いな～。
《兄様、こっちには火炎草があるわ～》
《ボクも火炎草を見つけたー》
《兄上、シィ茸がありましたけど、こういうものも採取していいんですよね？》
《わたしは月詠草を見つけたの！》
あちこちから「見つけた」と声が上がり、あっという間に三種類の薬草と食用のキノコが僕のところに集められる。
「本当にみんなは凄いな～」
《でしょう！　褒めて褒めて！》
感心していると、ジュールが体を擦りつけてきた。
《あら、ジュール、ずるいわよ～》
「アレンもー」

「エレナもー」

みんなが僕の周囲に集まって来る。本当に可愛い子達ばかりである。

とりあえず、順番にひと通り撫でてから、採取を再開する。

《アレン、エレナ、見てみて。おもしろい植物が生えているよ！》

「「ぐるぐるだー」」

「それは……ゼンマイか？」

ジュールが見つけたものは、山菜の一種であるゼンマイにそっくりなものだった。

「「ぜんまい？」」

「えっと、名前は……うん、ゼンマイだわ」

この世界でもそのままゼンマイという名前だった。

《お兄ちゃん、これは食べられるの？》

「食べられるぞ。……僕はあまり食べたことないけどな」

僕はフキやタケノコなら好きだが、ゼンマイやワラビ、コゴミ、フキノトウ、ウド、タラの芽などは好んで食べることはなかった。

「食べてみたいなら、調理はするぞ？」

《ん～、一回食べてみたいかな？　お兄ちゃんが嫌なら我慢《がまん》するよ？》

「いや、嫌いってわけじゃないから問題ないよ。ただ、作れる料理は限られているかな？」

アクを抜いて、煮物っぽくするか炊き込みご飯にするくらいしか思い浮かばない。あ、あとは天ぷらか？

《じゃあ、採ってくるから、今度作って》

「うん、わかったよ」

僕が了承すると、ジュールがアレンとエレナ、マイルを連れてゼンマイを集めに行く。

やっぱり煮物っぽいものよりは、炊き込みご飯のほうがいいよな～。そうなると、ゼンマイだけではもの足りない。

「キノコを混ぜるとして、タケノコも欲しいな～」

《タケノコ？　兄様、それって竹のこと？　竹って緑色の細長くて硬いものよね？》

なんとなしに呟くと、フィートが反応してくれた。

「え？　竹ってあるのか？」

《あるわよ？　あれって凄く筋っぽいけれど、食べられるものなの？》

「竹になる前。土からぎりぎり出ていないものはそこまで硬くないから食べられるんだよ」

《そうなの、知らなかったわ～。ああ、だから竹の子供で、タケノコね》

フィートが嬉しい情報をくれる。

《竹の森はわりとどこにでもあるわよ。この辺にもあるかもしれないから、私、ちょっと探してくるわね》

「いいのか？」
《もちろん。見つけたら、兄様が喜びそうだしね》
《フィート、ぼくも行きます！》
《そうね、手分けして探しましょう》
フィートとボルトが空を飛んで、竹林を探しに行ってくれる。
するとそこへ、アレンとエレナ、ジュール、マイルがゼンマイをたっぷりと採って戻ってきた。
「「ただいまー」」
《ただいまなの！》
《お兄ちゃん、いっぱい採ってきたよ……ってあれ？　フィートとボルトはどこに行ったの？》
「僕がタケノコ――竹の子供が欲しいって言ったから、竹を探しに行ってくれたんだよ」
《竹の子供？　そんなもの何に使うの？》
不思議そうなジュールに答える。
「タケノコは美味しいんだ」
「「おいしい！」」
《へぇ～、あれって食べられるんだ。それなら探さないとね！》
美味しい、と聞いたアレンとエレナ、ジュールは、フィートとボルトが探しに行ったことに納得する様子を見せた。

《じゃあ、フィートとボルトが帰ってきたら移動だね。その前にもうちょっと薬草を探す？》
「そうだな、そうするか。あれ？　そういえば、さっきからベクトルが静かだな。どこに行ったんだ？」
「ベクトル」
「あっちー」
《どこかに行っていたみたいなの！》
先ほどからベクトルの声がしないと思ったら、少し離れた場所にいたらしい。
《またロックスネイクを狩ってきたみたいだね》
「また？」
《うん、『また』だよ。ほら、お兄ちゃん、あっちあっち》
「えっ!?」
ジュールが示すほうを見て、僕は驚愕する。
《さっきからずっとどこかに走っていっては、ロックスネイクを狩って持ってきていたよ？》
「……いつの間に」
そこには、数匹という言葉では収まらないほどのロックスネイクが山積みされていた。
「まあ、害はないから構わないか」
とりあえず、こちらに危険はなさそうなので、ベクトルには好きにさせる。

そして僕とアレン、エレナ、ジュール、マイルは、フィートとボルトが戻ってくるまで薬草探しを続けた。

しばらくすると、フィートとボルトが帰ってきた。

《兄様、街とは反対側の山の麓《ふもと》に竹の森があったわよ》

「おぉ！」

近くに竹林が見つかったようだ。

「近いな！」

《ええ、すぐに行くでしょう？　さあ、乗って》

フィートが背に乗るように言う。

アレンとエレナは既にジュールに乗っていて、いつでも出発できる態勢だ。

タケノコ掘りは早朝、もしくは午前中のうちにしたほうがいいと聞いたことがあるけど……今日は朝早くから活動を開始していたのでまだ問題ないかな？

「じゃあ、フィート、お願いな」

《わ～、待って～。兄ちゃん、オレの成果～。ロックスネイク、しまってよ～》

「……あっ」

僕がフィートの背に乗ろうとすると、ベクトルの泣きそうな声が届く。

薬草とかは子供達がちょこちょこと寄って来る度に《無限収納《インベントリ》》に入れてたけど、ロックスネイクは積み上げられたままだった。すっかり忘れていたな。

しかも、ベクトルの好きなようにさせていたから、さっきよりも山が大きくなっている。

《こいつは小さいけど、そこそこ美味しいんだよ！　あっさりしていて食べやすいし！》

ベクトルはすっかり捨て置かれると思ったのか、一生懸命にロックスネイクの美味しさを力説している。

「ごめんごめん。ありがとう、ベクトル」

「今度、みんなで食べよう。その時はベクトルの好きなものを作るからな」

《うぅ～、ビックリした～》

《……オレ、大盛りにして》

「ははっ、了解！」

僕は謝りながらベクトルの頭を撫でて、ロックスネイクを《無限収納《インベントリ》》にしまう。

「じゃあ、行くか」

ベクトルを宥《なだ》め終わったところでフィートの背に乗り、竹林を目指して出発した。

《兄上、見えてきましたよ》

山の反対側など、ジュールとフィートにかかればあっという間に到着する。

「わりと大規模な竹林だな」
《竹は放置しているといつの間にか増えますからね～》
「ああ、確かにそれは聞いたことがあるな～」
竹もそうだが、ミントとドクダミとかも庭に植えるのは危険だって聞いたことがある。
「時期的にはあると思うんだけど……さて、どうかな～」
《お兄ちゃん、竹の子供ってこれじゃないの？》
僕の膝丈ほどに伸びた竹を見て、ジュールが聞いてくる。
「これじゃあ、大きくなり過ぎだな。土から出るか出ないかくらいのものじゃないと、食べられないんだ」
《えぇ!? それじゃあ、探せないんじゃない？》
「えっと、確かそれは……あっ！　あそこ！　土がちょっと盛り上がっているところ。誰かあそこを掘ってくれないか？」
僕は周囲を見渡し、土が不自然に盛り上がっている箇所を指す。
《オレが掘る～》
「じゃあ、ベクトル、お願い。中心は避けるようにな」
《任せて～》
お願いすると、ベクトルは前足で勢いよく掘り始めた。

《あっ！　何か出てきたよ！》
「ほんとう？」
「みせてみせてー」
《本当だ！　お兄ちゃん、これが竹の子供？》
ベクトルの周りに子供達が集まり、穴の中を覗き込む。
「うん、それがタケノコだ」
色も形も僕の知っているものにそっくりである。
「ショーユやミソで煮たりご飯に混ぜたり、食べ方はいろいろあるんだよ」
「「いっぱいほるー！　いってきまーす！」」
《あ、待って！　アレンとエレナじゃ掘るのが大変でしょう！　アレンはボクと行くよ。見つけたら教えて！》
《エレナちゃんは私とね。エレナちゃん、行きましょう》
《わたしはベクトルと行くの！　ベクトル、わたしが見つけるからどんどん掘るの！》
《わかった！》
《じゃあ、ぼくは周囲を警戒していますね》
ジュールとアレン、フィートとエレナ、マイルとベクトルがペアを組み、タケノコを探してそれぞれ散っていく。そしてボルトも、周囲を見回るために飛んでいった。

「早っ!!」

こんなあっという間に役割分担を決めるなんてな～。

「なんか……置いてけぼり感が凄い」

タケノコ掘りをしようと言ったのは僕なのに、僕だけ取り残されてしまったよ。

「……まあ、突っ立っていても仕方がないか。僕も掘ろう」

そう呟いて、タケノコがありそうなところを掘ることにしたのだった。


「――そろそろ頃合いかな？」

僕は一足先にタケノコを掘るのを止めて、いくつかのタケノコと先ほど採ったゼンマイのアク抜きをすることにした。

とはいっても魔法を使うので、普通は時間が掛かるアク抜きも短時間で済む。

「さて、メニューはどうするかな～」

ゼンマイ、タケノコ、キノコを使ったショーユベースの混ぜご飯に、ロックスネイクは白焼きにでもするかな。あとは……アスパルの和《あ》えものと汁ものでいいかな？

「ご飯ができたよー。そろそろ終わりにしよう」

ご飯を作り終わったところで、タケノコ掘りに夢中になっているみんなを呼び戻す。戻る時間とか薬草採取の時間とか考えると、タケノコ掘りは終わりにしたほうがいいしな。

「「ごはーん！」」
《良い匂ーい！》
《兄様、タケノコ、いっぱい採れたわよ》
《兄上、ただいま戻りました》
《兄ちゃん、オレもいっぱい採ったよー！》
《ただいまなの！　美味しそうな匂いがするの！》
子供達はすぐに大量のタケノコを持って集まり、僕の周りを取り囲む。
「お～、本当にいっぱいだな～」
「「がんばった！」」
「そうだな、ありがとう。早速タケノコでご飯を作ったから、いっぱい食べな」
「「うん！」」
タケノコを受け取って《無限収納《インベントリ》》にしまってから、みんなにご飯を配る。
するとみんなは、待ってましたとばかりに食べ始めた。
「「おいしいね～」」
《ご飯に入っているのが、ゼンマイとタケノコだよね？　美味しいよ》
《竹が食べられるなんて思いもしなかったけれど、とても美味しいわ～》
《そうですね。竹が育つ前はこんなにも柔らかいんですね》

だった。

《これ、オレが倒したロックスネイクだ！　美味しい！》

《アスパルもさっぱりして美味しいの！》

子供達はどの料理も気に入ってくれたようだ。

特にタケノコを気に入った子供達は、もう一度タケノコ掘りをしたいと言ってきた。

流石にそれは時間が掛かりすぎるからと何とか止め、たっぷり薬草を採ってから街へ帰ったのだった。

街に戻った僕達は、冒険者ギルドへ向かった。もちろん、素材を売るためである。

冒険者ギルドに入ると、ちょうどギルドから出ようとする『ドラゴンブレス』のメンバーと遭遇《そうぐう》した。

「お、タクミ達は今戻ったところか？」

「お疲れ様です。ルドルフさん達は、これから帰るところですか？」

「おう、そうしようと思っていたところだ。タクミは確か……依頼は受けてなかったよな？　なら、ただの売却か？」

「一応、貼り出されている依頼書を見て、該当するのがあればそれを、何もなければ普通に売る予定です。ああ、あと、坑道で掘り出したものも売ろうかと思っています」

それを聞いたルドルフさんが、何かを考え始める。

「ザック、ギルム、アイリス、先に宿に戻ってくれ。何か心配だから、俺はタクミと帰るわ」

「え!?」

そして、何故かそんなことを言い出した。

ていうか、心配って何さ!? 今日はそこまで変なものを売却する予定はないよ!?

そもそもルドルフさんは僕の保護者じゃないでしょう!!

「おう、わかったー」

「了解です」

「はーい、先に戻っていますね」

しかも、ザックさん達はルドルフさんを残してあっさり先に帰ってしまった。

「……ルドルフさん、僕の行動はそんなに不安ですか?」

「基本的には心配ないんだ、基本的には。だがな、突拍子もなく何かをしでかしそうな気配があるんだよな〜」

「……えぇ〜」

「特に魔法と金銭感覚の方面でな」

「……」

あ〜、その分野をピンポイントで突かれると、ちょっと反論できないかな。

努力はしたけど、たった一年の経験じゃ馴染み切れない。

というか、ルドルフさんはよく見ているよな～。普通は他人のそんな細かいところまで気にしないよ。

「ルドルフさん、いつもこんなに面倒を見るんですか？」

「まさか！　普段はこんなことしないさ！」

「え、そうなんですか？」

「当たり前だろう。まあ、行き詰まっている新人がいれば、ちょっと助言を与えたりもするが……本当にそれだけだな」

僕達にはとても世話を焼いてくれるので、ルドルフさんはそういう人なのだろうと思ったのだが……本来は違うらしい。

「でも、僕達にしてくれる対応は違いますよね？」

「まあ、タクミ達のことは気に入っているし、何と言うか……勘が働いてな」

「え!?　勘？」

「ああ、構っておいたほうがいいっていう勘がな」

気に入ってくれているというのは嬉しいが、構っておいたほうがいいって……何だろうな、それは。まあ、それでいろいろと助けられてはいるんだけどさ。

「じゃあ、ありがとうございます……で、いいんですかねぇ。勘でも何でも、助けられていることは事実ですから」

「俺が勝手にしていることなんだから、感謝は違う気がするな～。まあ、あれだ。タクミはこれ幸い、って俺のことをどんどん利用するつもりでいればいいんじゃないか？」

どんどん利用って……それは無理だよ。人を利用し続けるなんて、こっちの神経が擦り減るわ。

「……それはできない相談ですね～」

「ははは、そうか！」

「うわっ！」

僕の返答を聞いたルドルフさんは、豪快に笑いながら僕の頭を乱暴に撫でてくる。

「ちょっ！　ちょっと、ルドルフさん、やめっ、止めてください！」

ルドルフさんにそう頼むが、一向に止める気配がない。

「おにーちゃん、おにーちゃん」

「ん？　な、何だ？」

そこに、アレンとエレナがぐいぐいと下から強く引っ張ってくる。

「しゃがむー」

「え？　しゃがむ？」

アレンとエレナがあまりにもぐいぐいと引っ張るので、僕は逆らわずにしゃがむ。

「……え？」

すると何故か、アレンとエレナが僕の頭を撫でだした。

「ふはっ！　何だ、俺に対抗してんのか⁉」

収まりかけていたルドルフさんの笑いが再燃し、さらに一旦離れたはずの手がまた僕の頭の上に載せられる。

「……本当に勘弁して」

ギルド内にいた職員、冒険者達から注目を浴び、顔に熱が集まった。

「『おにーちゃん、まっかー』」

「真っ赤だな」

しかかも、アレンとエレナ、ルドルフさんは、それを見逃さずに指摘してくる。

「あーーーもうっ！　売却！　売却しちゃうよ！」

耐えきれなくなった僕は、アレンとエレナを抱き上げる。そしてさくさくと依頼ボードの前へ移動し、手持ちの素材と照らし合わせていった。

「くくっ、ゲイル、売却だ。個室を用意してくれ」

僕が依頼書を選んでいる間に、ルドルフさんは受付に行って個室の手配をしてくれる。

「おにーちゃん、これー？」

「うん、そうだな。アレン、取ってくれる？」

「うん！」

「おにーちゃん、これはー？」

「それもだな。エレナ、取ってくれる？」

「はーい」

アレンは火炎草採取の、エレナはテング草採取の依頼書を見つける。

ちょっと前までは数字や絵本に書かれているような簡単な文字しか読めなかったアレンとエレナだが、熱心に『植物全集』を見ていたので、薬草名だけは文字の形で暗記していたようだ。

「「あとはー？」」

「鉄鉱石とミスリルを少し、他にはデビルラットの毛皮と塩、水晶も少し売るか～」

「「しお、うっちゃうのー？」」

「みんなも欲しがっているから少しだけ分けてあげよう？　アレンとエレナが頑張ってくれたから、僕達のご飯に使う分はちゃんとあるしね」

「「そっか、わかったー」」

「うん、ありがとう」

子供達は〝塩を売る〟という言葉に反応し、少しだけ哀しそうな顔をするが、自分達が使う分は十分にあると伝えると、あっさりと了承してくれる。

「こんなものかな？」

選ぼうと思えばまだまだ選べるが、このくらいで止めておこう。

「タクミ、選び終わったか？」

待ち構えていたルドルフさんに別室へと案内され、そこで売却する素材を取り出していく。

「えっと……これをお願いします」

「うおっ！　タクミ、何ていうものを出すんだ⁉」

「っ‼」

貼り出されていた依頼書の中には、マジェスタの実を求めるものもあった。

王都では売るのを忘れていたな～と思い、その依頼書も持ってきて、テーブルの上に現物を出したんだけど……ルドルフさんとギルド職員——ゲイルさんを驚かせてしまった。

「……これは駄目だったか～」

いや、マジェスタの実がそこそこ高級品だということはわかっていたよ？

だけど、依頼書の内容が一個だったから、それならいいかな～と思ったのだ。

どうやら数の問題じゃなかったみたいだけど。

「引っ込めます？」

「引っ込めないでください‼」

マジェスタの実を回収しようとしたら、ゲイルさんに止められてしまった。

「今さら遅いわっ！　出したなら売っちまえ！　はぁ……個室にさせて本当に良かったって、俺は心底安堵している」

ルドルフさんが溜め息をついて、がっくりと項垂《うなだ》れてしまった。

「タクミ、その普通じゃない感覚は本当に早急に正せ」

「マジェスタの実がそこそこ高いことは知っていますよ？」

「現物がなかなか手に入らないからな！　それなのに、何故！　リーゴの実やオレンの実を採ってきたように出すんだ⁉」

「えっ、出し方⁉」

じゃあ、どういう風に出せばいいんだろう？

ランクに関係なく、稀少なものを偶然見つけることもあるはずだ。その場合、見つけた人は、どうやって売っているんだろう？　そわそわしながら出せばいいんだろうか？

というか、リーゴの実やオレンの実を売るんだとしても丁寧に扱うよな？

まあ、出し方云々《うんぬん》は置いておくとして、とりあえず今日はもう余計なものは出さずに、選んできた依頼書の分だけにしておこう。

エーテルディアに来て、もうすぐ一年。

この世界にもだいぶ慣れたかな〜と思っていたが、まだまだ学ぶことがいっぱいあるようだ。

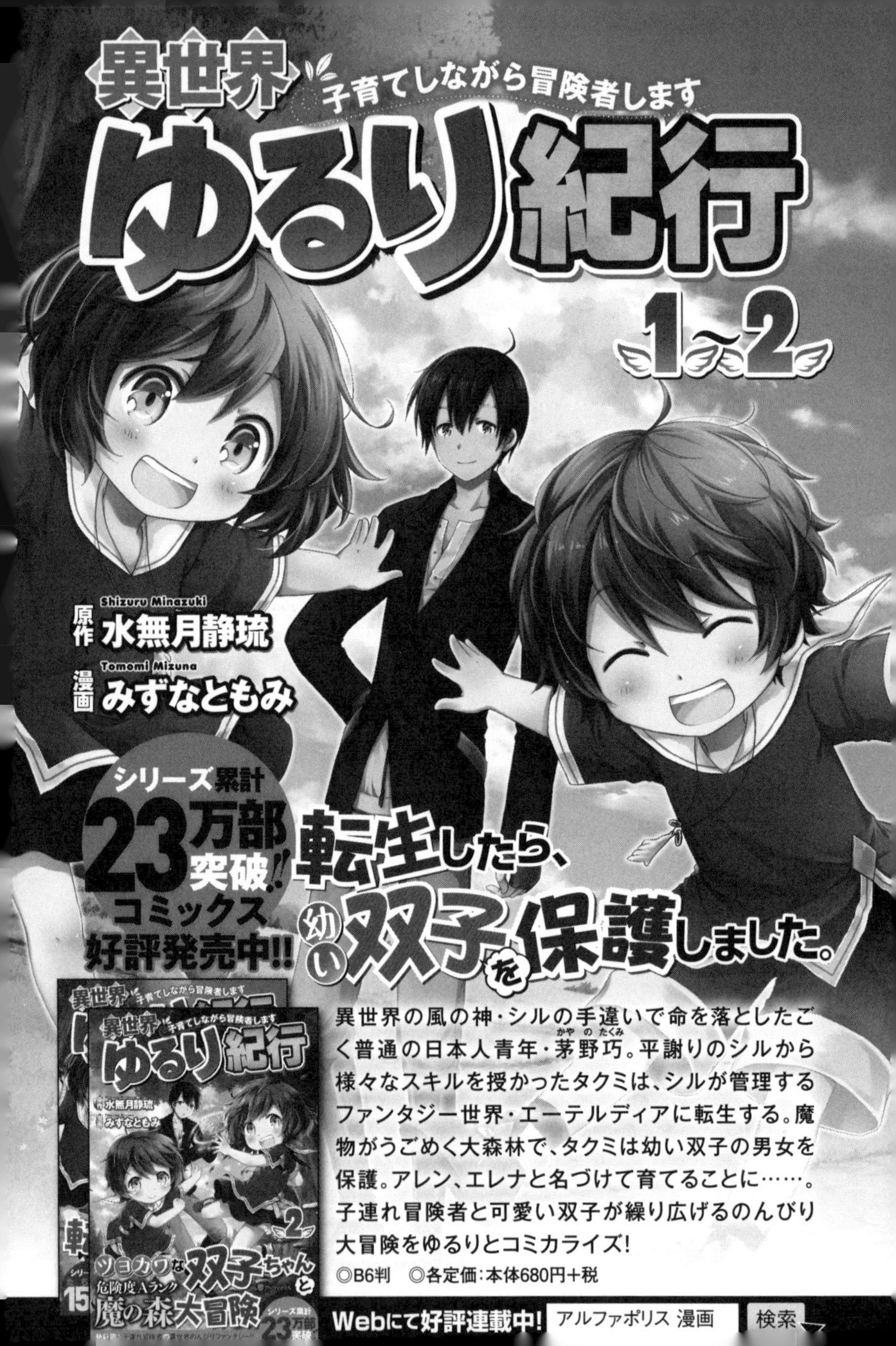
異世界ゆるり紀行
子育てしながら冒険者します
1~2
原作 Shizuru Minazuki 水無月静琉
漫画 Tomomi Mizuna みずなともみ
シリーズ累計23万部突破!!
コミックス好評発売中!!
転生したら、幼い双子を保護しました。
異世界の風の神・シルの手違いで命を落としたごく普通の日本人青年・茅野《かやの》巧《たくみ》。平謝りのシルから様々なスキルを授かったタクミは、シルが管理するファンタジー世界・エーテルディアに転生する。魔物がうごめく大森林で、タクミは幼い双子の男女を保護。アレン、エレナと名づけて育てることに……。子連れ冒険者と可愛い双子が繰り広げるのんびり大冒険をゆるりとコミカライズ!
◎B6判 ◎各定価:本体680円+税
ツヨカワな双子ちゃんと危険度Aランク魔の森大冒険
Webにて好評連載中! アルファポリス 漫画 検索

ネットで話題沸騰！
アルファポリスWeb漫画
面白い漫画が毎週読める!!
ALPHAPOLIS
アルファポリス COMICS
ゲート GATE
自衛隊　彼の地にて、斯く戦えり
原作：柳内たくみ
Yanai Takumi
漫画：竿尾悟
Sao Satoru
原作：秋川滝美
漫画：しわすだ
居酒屋ぼったくり
原作 時野洋輔 漫画 古川奈春
勘違いの工房主
アトリエマイスター
原作 アルト 漫画 早神あたか
前世は剣帝。今生クズ王子
原作 山川イブキ 漫画 マツオカヨシノリ
転生薬師は異世界を巡る
人気連載陣
● THE NEW GATE
● 月が導く異世界道中
● 異世界に飛ばされたおっさんは何処へ行く?
● 素材採取家の異世界旅行記
● 異世界ゆるり紀行 ～子育てしながら冒険者します～
● いずれ最強の錬金術師?
● 追い出された万能職に新しい人生が始まりました
and more...
原作 椎名ほわほわ
漫画 六堂秀哉
とあるおっさんのVRMMO活動記
原作：金斬児狐
漫画：小早川ハルヨシ
Re:MONSTER リ・モンスター
選りすぐりのWeb漫画が無料で読み放題!
今すぐアクセス!
アルファポリス 漫画
検索
アルファポリスアプリ
スマホでも漫画が読める!
App Store/Google play でダウンロード!

最強少年の異世界お気楽忍法帖、開幕！

「日ノ本」と呼ばれる国で、最強と名高い忍者が命を落とした。このまま冥土に落ちるかと思いきや、次に目覚めたときに彼が見た光景は、異国の言葉を話す両親らしき大人たち。最強の忍者は、ファンタジー世界に赤ちゃんとして転生してしまったのだ！　「ジン」と名付けられた彼には、この世界の全生物にあるはずの魔力がまったくないと判明。しかし彼は、前世で習得していた忍法を使えることに気付く。しかもこの忍法は、魔法より強力なものばかりだった!?　魔法を使えない代わりに、ジンはチート忍法を使って、気ままに異世界生活を楽しむ――！

●定価：本体1200円＋税　●ISBN 978-4-434-27235-6

●Illustration：リッター

勇者召喚に巻き込まれて異世界に転移した青年、ユウキ。彼は『アイテム使用』といういかにもショボい名前のスキルを授かったばかりに、城から追い出されてしまう。ところがこの『アイテム使用』、使ったアイテムから新しいスキルを得られるとんでもない力を秘めていた!!　防御無視ダメージの『金貨投げ』や、身体の『鉱物化』『空間転移』など、様々な便利スキルを駆使して、ユウキは自由気ままな異世界ライフを目指す!?

◆定価：本体1200円＋税　◆ISBN 978-4-434-27242-4

◆Illustration：にしん

弱虫テイマーの従魔育成ファンタジー！

冒険者の少年、ルフトは役立たずの“テイマー”。パーティに入れてもらえず、ひとりぼっちで依頼をこなしていたある日、やたら物知りな妖精のおじいさんが彼の従魔になる。それを皮切りに、花の妖精や巨大もふもふ犬(?)、色とりどりのスライムと従魔が増え、ルフトの周りはどんどん賑やかになっていく。魔物に好かれまくる状況をすんなり受け入れる彼だったが、そこにはとんでもない秘密が隠されていた――?　ぼっちのテイマーが魔物を手なずけて、謎に満ちた大樹海をまったり冒険する!

◉定価：本体1200円＋税　◉Illustration：スズキ　◉ISBN 978-4-434-27265-3

闇精霊に好かれた精霊術師
Yamiseirei ni sukareta seireijutsushi
著 お茶っ葉 Ochappa
ダンジョンで見捨てられた駆け出し冒険者、
気まぐれな闇精霊に気に入られ……
今代唯一の“精霊使い”になる？

◉定価:本体1200円+税　◉ISBN 978-4-434-26774-1

◉Illustration:キャナリーヌ

変わり者と呼ばれた
貴族は、辺境で自由に
生きていきます
enbunbusoku
塩分不足
領民ゼロの大荒野を……
神話の魔法で
のけ者達の楽園《ユートピア》に！
超サクサク
辺境開拓
ファンタジー！

変わり者と呼ばれた
貴族は、辺境で自由に
生きていきます
enbunbusoku
塩分不足
領民ゼロの大荒野を……
超サクサク
辺境開拓
ファンタジー！
神話の魔法で
のけ者達の楽園《ユートピア》に！
アルファポリス

この作品に対する皆様のご意見・ご感想をお待ちしております。
おハガキ・お手紙は以下の宛先にお送りください。

【宛先】
〒150-6008 東京都渋谷区恵比寿4-20-3 恵比寿ガーデンプレイスタワー 8F
（株）アルファポリス　書籍感想係

メールフォームでのご意見・ご感想は右のＱＲコードから、
あるいは以下のワードで検索をかけてください。

ファポリス　書籍の感想　検索

ご感想はこちらから

書はWebサイト「アルファポリス」（https://www.alphapolis.co.jp/）に投稿された
のを、改稿、加筆のうえ、書籍化したものです。

異世界《いせかい》ゆるり紀行《きこう》～子育《こそだ》てしながら冒険者《ぼうけんしゃ》します～ 8

水無月静琉（みなづきしずる）

2020年3月31日初版発行

編集ー村上達哉・篠木歩
編集長ー太田鉄平
発行者ー梶本雄介
発行所ー株式会社アルファポリス
〒150-6008 東京都渋谷区恵比寿4-20-3 恵比寿ガーデンプレイスタワー8F
TEL 03-6277-1601（営業）　03-6277-1602（編集）
URL https://www.alphapolis.co.jp/
発売元ー株式会社星雲社（共同出版社・流通責任出版社）
〒112-0005 東京都文京区水道1-3-30
TEL 03-3868-3275
装丁・本文イラストーやまかわ
装丁デザインーAFTERGLOW
印刷ー中央精版印刷株式会社

価格はカバーに表示されてあります。
落丁乱丁の場合はアルファポリスまでご連絡ください。
送料は小社負担でお取り替えします。

ISBN978-4-434-27241-7 C0093